書下ろし

家族

新・軍鶏《しゃも》侍②

野口 卓

祥伝社文庫

目次

孤愁《こしゅう》

「上意討《じょういう》ちでござるな」

岩倉源太夫《いわくらげんだゆう》が問うと、目付の岡村真一郎《おかむらしんいちろう》はおおきくうなずいた。岡村に同道した二人の若い使者も、強張《こわば》った顔をしている。

「突如《とつじょ》、配下を殺害して屋敷に籠《こ》もり、門を閉ざして説得に応じようとせぬ。親の敵討《かたきう》ちのため日々鍛錬《たんれん》し、ようよう本懐《ほんかい》を遂《と》げて帰参が叶《かの》うたばかりだというのに、なにを血迷うたのか、まったく気が知れぬ。御前のお怒りに触れ、問答無用と相《あい》なった。江戸でも相当に励《はげ》んだ遣《つか》い手ゆえ、岩倉どののほかに討てる者はおるまいと、御老職一同のお考えも一致した。御前もその意向に副《そ》われたということだ」

藩士としてあってはならぬ乱心が、藩主九頭目隆頼《くずめたかより》の逆鱗《げきりん》に触れて上意討ちと決したのである。家老や中老たち重職が、ほかに討手《うって》はいないと判断したのであった。上意となれば源太夫は従うしかない。

「相わかった」

その声を待っていたように、みつが白襷《しろだすき》と鋼入りの鉢巻を掲《かか》げ持って現れた。

源太夫は受け取ると懐《ふところ》に収めた。

「鎖帷子《くさりかたびら》をお出しいたしましょうか」

「不要だ」

鎖帷子を着用しては動きが鈍《にぶ》る。

揃《そろ》えて置かれた草鞋《わらじ》を履《は》くと、しっかりと紐《ひも》を結んだ。

陽の光が眩《まぶ》しい屋外に踏み出す。

武者窓から目付たちの姿が見えたからだろう、道場の出入口には竹刀《しない》を手にした稽古着《けいこぎ》姿の弟子たちが佇立《ちょりつ》し、緊張した面持《おもも》ちで見ている。

岡村たち藩庁からの三人の使者とともに屋敷を出ながら、あの男の予告なしの訪問はこのためであったのかもしれんな、と源太夫はふとそう思った。

門を出ると目のまえに調練の広場が拡《ひろ》がっているが、人がいないこともあって妙に寒々しい。

一

「軍鶏侍《しゃもざむらい》……か」

男はぼそりと漏《も》らした。

自分に話し掛けたのか独り言なのかの判断が付かず、源太夫は思わず大野礼太郎《おおのれいたろう》の顔を一瞥《いちべつ》した。相手は瞬《まばた》きもせず、唐丸籠《とうまるかご》の中で羽毛を輝かせる軍鶏を凝視《ぎょうし》している。

どうやら語り掛けたのではなく、思いがそのままつぶやきとなったらしい。孤独のうちにすごさねばならなかった長い歳月、自問自答するのが習慣になっていたのではないだろうか。ほとんど周囲に人がいないことが多かったので、つい声に出して自分に問い、そして答えるのが癖となったものと思われる。

知らぬ男ではない。いや、ある面ではよく知っていると言っていいだろう。ほとんど忘れられていたのに、突然の帰郷で、のどかな南国の園瀬《そのせ》藩をおおいに騒がせた話題の人物なのだ。

なにしろ艱難辛苦《かんなんしんく》の末に父親の敵を討ち、断たれていた家を再興したのである。六歳で父を殺されてから三十一年、十八歳で敵討ちの旅に園瀬を出てからでも十九年が経《た》っていた。

武士の鑑《かがみ》と讃《たた》えられた噂《うわさ》は、いやでも耳に入っている。

上州《じょうしゅう》の某藩から江戸藩邸に連絡を受けると、ただちに園瀬に報《しら》せがもたらされた。藩は物頭、徒目付《かち》、郡方《こおりがた》二名に足軽三十名を付けて、引き取りに向かわせた。

帰りを待ち受ける出迎え人が思いもしない多数となったため、礼太郎たちは大変な行列で園瀬の里への凱旋《がいせん》となったのである。

すでに先触れがあったこともあり、難波《なにわ》からの船が着く松島港《まつしまみなと》には、薄い血縁の親族までもが総出で迎えた。藩の主だった顔触れはもちろんとして、かなりの人数の非番の藩士たちも顔を見せたのだ。それだけでなく、一目その姿を見ようとの野次馬も、相当数詰めかけたのであった。

先頭を歩む出迎えの藩士たちに、礼太郎と叔父《おじ》の遠藤助右衛門《えんどうすけえもん》、縁者の猿渡《さわたり》兵助《へいすけ》が続く。そして引き取りの藩士と足軽、縁者や非番の藩士、さらには武士以外の領民が列を成《な》して続いた。

園瀬の里は、一代の英雄を迎えて沸《わ》き返ったのである。

だがほとんどの領民がそうであるように、源太夫にとっても礼太郎は親しい人物とは言えない。あとから得た知識で一方的に知っているだけで、語りあったことはもちろん、挨拶《あいさつ》を交わしたことすらなかったからだ。

礼太郎の家が廃されたのは、源太夫が江戸詰めのときである。噂を耳にしたものの、遠い世界のできごとのようで、まるで実感が湧《わ》かなかった。

遺児となった兄弟が助右衛門や中間《ちゅうげん》と旅に出たときは、江戸から園瀬にもどった源太夫は御蔵番を勤めていた。敵討ちの出立《しゅったつ》は、まだ暗いうちに秘かにおこなわれるため、まるで知らなかったのである。

なにもかも、礼太郎たちが園瀬に帰ってから聞いた噂であった。その騒動もようやく収まって、噂も下火になりかけていた。

大野礼太郎が岩倉家の庭に姿を見せたのは、騒ぎが一段落したそんなときであった。

「見せてもろうても構わぬか」

「ご随意《ずいい》に」

源太夫が答えるよりも早く、亀吉《かめきち》が床几《しょうぎ》を持って来た。礼太郎は腰をおろすと、腕を組んで鶏合《とりあ》わせ（闘鶏）に見入った。そうしながらも、聞き取ることはできないが何事かをつぶやき続けていた。

朝は道場で弟子を指導し、昼食後は特別なことがない限り、源太夫は庭で鶏合わせか若鶏の味見（稽古試合）を見てすごす。床几に坐《すわ》っての観戦は源太夫と老いた下男の権助《ごんすけ》だけで、弟子や軍鶏仲間たちは立ったまま闘鶏用の土俵を囲んでいた。

鶏合わせを見るのは初めてのようだが、礼太郎は試合の進め方や軍鶏たちの習性、また繰り出す技などについて訊《き》こうとはしなかった。

問われれば答えるが、源太夫が自分から話し掛けることはしない。

それにしても、なぜこの男はやって来たのであろうか。

たまたま散策中に、ただならぬ気配に庭を覗《のぞ》くと闘鶏中であった、ということかもしれない。じっと見てはいるものの、礼太郎は軍鶏や闘鶏に特別な関心があるようではなかった。

とするとあのことに、父親の優之進《ゆうのしん》が片桐久仁之助《かたぎりくにのすけ》に殺害されたことと、長の年月を掛けて礼太郎が敵討ちを果たしたことに関して、話したくなったのであろうか。それともなんらかの事情で、源太夫に打ち明けたいことがあるのかもしれなかった。

だとすれば見物人の多い闘鶏中でなく、二人で話せる時刻を選ぶはずである。そのまえに若党でも寄越《よこ》して、こちらの都合を問いあわせるのが礼儀というものだ。

もし話すことがあるとしても一体なにを、そしてなぜに。わからぬ。

礼太郎たちが園瀬にもどってからというもの、源太夫は弟子を通じて敵討ち一件の噂を耳にしていた。また軍鶏仲間の大工の留五郎《とめごろう》や結城屋《ゆうきや》の隠居惣兵衛《そうべえ》、碁敵《がたき》である正願寺《せいがんじ》の恵海《えかい》和尚、さらには妻のみつからも聞いている。

のどかな南国園瀬の里にとって、それだけ衝撃的な出来事だったということだ。

何人もから聞かされた噂を突きあわせると、およそ次のようになる。

片桐久仁之助が大野優之進を殺害して逃亡したのは、源太夫が江戸に詰めていた三十一年まえのことであった。優之進は奥小姓《おくごしょう》兼奥納戸役《おくなんどやく》百二十石、片桐は配下の納戸役で五十石を食《は》んでいた。おない年の四十歳である。源太夫も二十三歳と若かった。

一升徳利《いっしょうどっくり》を提《さ》げた片桐が大野家を訪れ、迎えた優之進と表座敷で酒を飲みながら談笑していた。そのうちに罵《ののし》りあう声がしたかと思うと、人の倒れる気配があった。同時に障子《しょうじ》を蹴破《けやぶ》る音がして、人が走り去ったのである。

驚いた優之進の妻ミナが表座敷に駆け入ると、脇腹を大刀で刺し突かれた夫が呻《うめ》いていた。続いて走りこんだ中間の松助《まつすけ》は、どうしたものかと思い迷ったらしい。なぜなら刀を抜けば、出血のために死を早めるのがわかっていたからである。

苦しむ優之進をなんとか横たえながら、ミナは医者を呼びに行くよう松助に命じた。

ところが中間が駆け出そうとすると、優之進が引き留めて、苦しい息の下から次のように言った。

「わしは、とてものこと、助からぬ」

そう言っただけで優之進は息を弾《はず》ませ、かなりの間を取った。そして何度も休みを入れながら、次のようなことを語ったのである。

片桐は藩の金を使いこみ、それに気付いた優之進を仲間に引きこむか、あわよくば見逃してもらおうとした。当然だができる訳がない。その時点で正直に打ち明ければ、罰せられても死罪にはならずにすむかもしれんと説得したが、聞き入れようとしなかった。さんざんもめた挙句《あげく》に、不意に久仁之助が斬り掛かったのである。

藩の法によって裁かれるべきだが、あの男は逐電《ちくでん》するにちがいない。なぜなら、いかに狼狽《ろうばい》し恐慌《きょうこう》を来《きた》したとは言え、刺した刀をそのままに遁走《とんそう》するという醜態《しゅうたい》を演じたからだ。武士の道を踏み外すような男ゆえ、まずまちがいなく逃亡するはずだ。

「その場合は礼太郎と智次郎《ともじろう》に、必ず仇《あだ》を討たせるように」

途切れ途切れに、かなりの時間を掛けてなんとかそう言うと、優之進は絶命した。

「かくなる上は、敵を討たずにおくものか」

礼太郎が六歳で智次郎が三歳と幼いので、自分が主人の敵をと思ったのだろう、松助は優之進の脇腹から大刀を引き抜いた。そしてミナの制止を振り切って、血刀を手に駆け出したのである。

松助が片桐家に乗りこんだとき、久仁之助の姿はすでに消えていた。出戻りの妹によると、家に駆けもどった久仁之助は自分の居室に駆けこんだ。ほとんど間を置かずに飛び出すと、あっという間もなく姿を消したとのことだ。

あのおり直《ただ》ちにあとを追っておれば一太刀《ひとたち》浴びせられたのにと、松助は歯噛《はが》みしたとのことである。

妹が嘘《うそ》を吐《つ》いていないとはかぎらないので、松助は断ってから家探ししたが、片桐の姿はなかった。

片桐は十日ほどまえに妻を離縁し、実家に帰したばかりである。子供は三人いたが、なんと妻は四人目を懐妊《かいにん》していた。でありながら一方的に離縁したのを知った家士《かし》と奉公人は、こんな主人のもとではとても働けぬと、数日のうちに全員が辞めていた。

妹が嫁《とつ》ぎ先を追い出されたのも、久仁之助の理不尽《りふじん》な離縁のせいと思われる。あるいは金の使いこみの件で、堅物の優之進を説得できぬと予測しての、思い迷った末の離縁であったのかもしれない。

屋敷にもどってミナに報告した松助は、ただちに松島港に向かった。遁走の可能性が高く、となると船で難波を目指すと考えたからだ。だが、久仁之助が船に乗った形跡はなかったので、松助は仕方なく引き返した。

自ら命を絶った久仁之助の妹が発見されたのは、翌朝のことであった。膝《ひざ》の上と両足首を細紐で縛り、懐剣で咽喉《のど》を突いていた。

あるじが討たれた家は、断絶となるのが決まりである。

母子三人はミナの実家に引き取られ、妻子には十人扶持《ぶち》が給された。なんとか生きてゆけるだけの手当ということだ。

止《や》むを得ないことではあるが、奉公人には暇《いとま》を出さざるを得なかった。中間の松助は敵討ちの折にはなんとしても役に立ちたいので、給銀は不要だから置いてもらいたいと懇願《こんがん》した。

三年後、礼太郎と智次郎は九歳と六歳になった。母ミナは兄弟に父横死《おうし》の始末を語り、敵討ちを果たすため文武に励むよう諭《さと》した。なんとしても夫であり父である優之進の無念を晴らさねばならないし、家を再興するには敵討ちを果たす以外に手段がなかったからである。

藩士の子弟でなくなったため兄弟は藩校に通えないが、事情を知って同情した藩士が、将来のことや敵討ちのことを考えて個人的に教えてくれることになった。

剣に関しては、江戸で免許皆伝《かいでん》を得た血縁の者が名乗り出た。優之進に親切にしてもらったとの理由で、祐筆《ゆうひつ》の若者が読み書き及び学問を引き受けてくれた。

ともに非番の日と、剣術は早朝の登城前、手習と学問は夕刻の下城後に、それぞれ一刻（約二時間）の教導であった。

もちろんどちらも謝礼は取らない。

月日は流れ、兄の礼太郎は十八歳、弟の智次郎は十五歳となった。

その年の五月朔日《ついたち》のことである。智次郎が元服《げんぷく》したのでミナは親族と協議し、兄弟と優之進の弟助右衛門が連名で、藩庁に敵討ち願いを出した。

五日、藩は三人を呼んで裁許奉行が仇討免状を手渡し、それぞれに刀一振りと金三十両ずつを与えた。園瀬藩の江戸留守居役から南北町奉行所に届け出、おなじ書面が老中と寺社奉行、勘定奉行にも出された。

親類縁者や友人知人、心意気を感じた有志からの餞別《せんべつ》が、一人当たりおよそ二十両となった。藩からの金とあわせると各人五十両、当座の資金としてそれだけあれば心強い。

敵討ちは早暁《そうぎよう》の暗いうち、東の空が茜色《あかねいろ》に染まるまえに、他人《ひと》に見られることなく出立することとされている。

五月十日、兄礼太郎と弟智次郎、叔父の助右衛門は忠実な中間の松助を供に、まだ闇に眠る園瀬の里をあとにして、敵討ちの旅に出た。

二

礼太郎たちはそれまでに、わかる範囲で片桐の足取りを調べておいた。屋敷を飛び出した片桐は松島港に姿を見せなかったし、北の番所や般若峠《はんにゃとうげ》の番所からも出ていない。

すでにひと昔もまえのことである。どこかに潜んでから船に乗ったか、番所は通らずに山越えして隣藩へ抜けたのかもしれなかった。今となっては調べようもない。

そのため四人はまず大坂に出て、手掛かりが得られなければ京都に向かい、さらに江戸を目指すことにした。

かれらは六十六部や虚無僧《こむそう》に姿を変え、処々で片桐の痕跡を探りながら江戸に向かった。そしてなんの成果も得られぬまま、江戸に着いたのである。

まず訪れたのは、愛宕下《あたごした》にある園瀬藩の上屋敷であった。

江戸留守居役の援助により、礼太郎と智次郎は行方不明の父を探す兄弟、助右衛門はその叔父、松助は下男との触れこみで、小伝馬町《こでんまちょう》の旅籠《はたご》に止宿した。その日からひたすら江戸中、特に人の多く集まる浅草寺《せんそうじ》、両国広小路《りょうごくひろこうじ》、上野《うえの》山内や広小路、日本橋界隈《にほんばしかいわい》を探し歩いた。兄弟二人だけのこともあれば、叔父の助右衛門や松助が加わりもする。一人ずつ個別、兄弟二人、助右衛門か松助のいずれかが加わった三人、ときには四人と、まさに臨機応変であった。

片桐が江戸に出たとの情報でもあればともかく、なんの当てもないのに、ただひたすら歩いたのである。入った飯屋や茶屋、湯屋などでさり気なく訊くぐらいで、簡単にわかるとは思えない。

ほどなくかれらは、園瀬藩中屋敷に近い下谷《したや》の山崎町《やまざきちょう》にある裏長屋に移って、自炊生活を始めた。いつまで続くともわからぬとなれば、旅籠賃も馬鹿にならなかったからである。

足を棒にして歩き、長屋にもどれば死んだように寝てしまう。徒労感が募《つの》って、次第に無口になるばかりであった。

そんなことが何ヶ月続いただろうか。

影を踏むどころか痕跡を摑《つか》めない状態が続いたため、智次郎と助右衛門は東海道を西に向かうことにした。

二人は変名して父子を名乗った。やがて備前国《びぜんのくに》に留まり、岡山藩士の中間となったのである。

一方の礼太郎は下谷にある剣術道場の下男として住みこみ、松助は瀬戸物問屋《せとものどんや》の仕事を得た。見世《みせ》は田原町《たわらまち》にあるので、礼太郎の奉公する道場からは時間的に四半刻《しはんとき》（約三〇分）も離れてはいない。

ときおり訪ねあってはいたが、いつもながら無駄足になった。

下男になりはしても、礼太郎の動作や目の配りなどから勘付かれたらしい。なにか訳のある武士が身をやつしているのだと、道場の師範代は察したようだ。事情を訊かれたので正直に答えると、協力を惜《お》しまないと約束してくれた。

道場主もそれを知ると、弟子たちが帰ったあとで特別に指導してくれるようになった。もともと園瀬の里で免許皆伝の藩士に鍛《きた》えられたこともあり、礼太郎の上達は道場主が驚くほど早かったのである。

ある日、道場主や師範代と酒を飲んだが、二人ができるなら力になってやろうと言ってくれたのがありがたい。あれこれ話しているうちに、たまたま虚無僧をやっていたときの出来事に話が及んだ。

疲れたので川岸で休んでいると、対岸をやって来る虚無僧が挨拶の尺八《しゃくはち》を吹いたが、こちらはうまく吹けないことがあった。すると相手は血相を変えて、吹けないのは贋者《にせもの》だからだろうと詰め寄ったのである。敵討ちの旅の者だと打ち明けて、なんとか切り抜けられたのであった。

であればと、師範代が虚無僧経験もある尺八の師匠を紹介してくれた。道場の下男である以上、尺八を習う時間はかぎられてしまうが、道場主はなるべく学べるように考慮してくれたので、礼太郎にすればとてもありがたかった。

事情を知った尺八の師匠は、敵討ちは簡単にはいかぬものだから、我慢することだと励ました。そしてこう続けたのである。

各地を彷徨《さまよ》い歩かねばならないとなると、本人が患《わずら》うこともあるし、病人と行きあわせることも多い。薬学と薬草の知識があればなにかと役立つだろうと、そちらも教えてくれた。これがのちに、おおいに役立ったのである。

礼太郎は下男として働きながら剣と尺八を学んでいたが、二年ほどして、瀬戸物問屋で働いていた松助が病死してしまった。

弟の智次郎と叔父の助右衛門に報せたくとも、どこでどうしているかわからない。藩邸に出向くがやはり連絡は入っていなかった。

しかし、ともに敵討ちの旅をし、忠実に尽くしてくれた男である。園瀬の母親には簡潔に、病死の事実と葬《ほうむ》った寺の名のみを報せておいた。母から松助の縁者に、伝えてもらおうと思ったのである。

書きたいことはいろいろとあったが、いらぬ心配を掛けるだけだと思ったので触れぬことにした。かならず片桐の首を取ってみせるので、今暫《しば》しお待ちくださいと書くだけに留めた。

道場から暇を取った礼太郎は、尺八指南所を開くことにした。もともと素質があったのだろう、二年間学ぶと、師匠がもはや教えることはないと言うまでになっていた。

師匠の指南所の近くという訳にはいかないので、大川《おおかわ》を渡って深川《ふかがわ》に家を借りた。富岡八幡宮《とみおかはちまんぐう》に近いため参詣者《さんけいしゃ》も多く、片桐に関する手掛かりが得られるかもしれないと思ったからである。

道場にはなるべく顔を出すように言われているが、回数が減るのはやむを得ないだろう。下谷にある園瀬藩の中屋敷からも、さらには愛宕下の上屋敷からもずいぶんと遠くなる。しかしどうせ半年とか数ヶ月に一度くらいしか顔を出さないので、離れていてもさほど不都合はないはずだ。

尺八指南所を開いて三年がすぎたが、手掛かりが得られぬので礼太郎は次第に焦《あせ》り始めた。弟子に稽古を付ける予定がないときは八幡宮の境内《けいだい》に出向き、でなければ江戸市中を彷徨い歩いて片桐久仁之助を捜した。ときに道場にも顔を出すが、相変わらず手掛かりは得られない。

半年に一度くらいは藩邸に出向くものの、片桐についての園瀬からの情報も届いてはいない。智次郎と助右衛門からの連絡も、やはり入っていなかった。だから互いに相手の動きがわからず、のちになってから、あのとき相手はああしていたのだと理解できたのである。

礼太郎は四年目に入って尺八指南所を閉め、道場と藩邸に挨拶して、東海道を西に向かうことにした。

江戸でこれだけ探しても、なにも得られないのである。

南国の園瀬育ちが、雪が深く寒さの厳しい陸奥《みちのく》に逃げるとは考え辛い。となると箱根《はこね》より西ということになるのではないだろうかと、ふとそう考えた。

ところで智次郎と助右衛門が備前国《びぜんのくに》岡山藩士の中間となったのは、その土地が片桐久仁之助を見張るには、絶好の要衝《ようしょう》だと考えたからだ。山陽道や山陰道を通る、さらには九州に向かう、また船で四国の讃岐《さぬき》に渡るにも、そこを通らねばならなかった。これほど好都合な地がほかにあるだろうか。

しかし五年がすぎても得るところがなかったし、路銀も溜《た》まったので奉公を辞め、大坂と京都を経《へ》てから四国に渡った。故郷の園瀬には寄らず、讃岐、伊予《いよ》、土佐《とさ》と巡り、伊予に引き返すと船で九州に向かったのである。

東海道を西に道を取った礼太郎は、虚無僧になって京都、大坂、四国から、さらに九州を目指した。

旅の途次《みちすがら》、智次郎が死んだために、助右衛門は九州をあとにして、中国筋から近畿に出ることにした。

礼太郎と助右衛門が辿《たど》った経路は重なっている部分もあり、時期もそれほどずれてはいないのに、なぜか互いの噂は耳にしていない。ともに敵の片桐久仁之助のみに注意を払っていたためで、皮肉と言えばこれほど皮肉なこともないだろう。

小倉《こくら》で日雇い人夫《にんぷ》までやった礼太郎は、やがて長崎、伊万里《いまり》、唐津《からつ》、博多《はかた》からふたたび小倉に至り、門司《もじ》で海峡を越えると山陰道に出た。大坂に滞在してから京都、そして東海道を経て伊勢《いせ》の古市《ふるいち》に着いた。

旅を続けた助右衛門は、ほどなく飛驒国《ひだのくに》の下呂《げろ》温泉に至った。

相変わらず連絡は付けられぬままである。ともに一箇所に留まったこともあったが、居所が定まらぬと頭にあるため、連絡場所を決めていなかったからだ。礼太郎はともかく、助右衛門が江戸藩邸を訪れることはなかった。だから江戸藩邸を連絡場所として、互いが書簡を届けておくことには考えが及ばなかったのである。

助右衛門は以後も江戸に脚を向けなかったが、江戸に関しては礼太郎に任せたつもりでいたのかもしれない。

では大坂の中之島《なかのしま》にある園瀬藩の蔵屋敷に、なぜ書簡を託さなかったのかということになる。礼太郎は江戸をほとんど動かないと、助右衛門は思いこんでいたようだ。定期的に書簡で問いあわせる方法もあったが、常に移動している身としては返信のもらいようがない。

礼太郎が江戸を出て、京大坂から九州を目指したことを知ったのは、ずっとのちになってからである。そのために行きちがいが生じてしまったのだが、どうにももどかしい限りだ。

礼太郎は伊勢の古市にしばらく逗留《とうりゅう》したが、片桐が伊勢詣りに来たようすはないので、伊勢を出て奈良に向かった。

斑鳩《いかるが》村で雨に降られてびしょ濡《ぬ》れになった礼太郎は、親切な農家に泊めてもらえたので風邪《かぜ》を引かずにすんだ。ところがその家の息子が、急な病《やまい》で熱を出してしまったのである。

以前、尺八の師匠から薬学と薬草の知識を得ていた礼太郎は、苦労して息子の病気を治すことができた。農家は名字帯刀を許された豪農で、跡取り息子の病気を治してくれたこともあって、下へも置かぬもてなしようである。

礼太郎はあるじ太左右衛門《たざえもん》に、医者にならぬかと持ち掛けられた。村には医者がいないので、病人が出ると隣村にまで出向かねばならない。急病人が出ればお手上げで、難儀しているとのことであった。

多少の心得があるくらいで、とても医者は務まりませんと断ったが、相手はそれを謙遜《けんそん》と受け取ったらしい。息子が快癒《かいゆ》したことを恩に着てだろうが、太左右衛門は熱心に勧《すす》め、薬品購入や薬研《やげん》など必要な器具の金を出してくれるとまで言う。

そこまで言われたら、さすがに断れない。

離れ座敷を無償で提供してもらった礼太郎は、名を渋沢円斎《しぶさわえんさい》と改めて医者の看板を出した。太左右衛門は息子の命の恩人ということもあって丁重《ていちょう》に扱ってくれたが、礼太郎も一方的に厚意に甘える気はなかった。

百姓や村人からは、薬代の実費はもらうが治療費は取らないことにしたのである。太左右衛門は恩人だから、その村人からは薬礼しかいただきませんと通した。

それもあってだろう、村人からは神様のようにありがたがられた。もっともいくらかでも余裕のある村人は謝礼を包んだので、片桐の居所がわかった場合の路銀は用意できた。

ところで助右衛門はどうであったろう。

しばらく下呂温泉に滞在したものの、智次郎に死なれた上に礼太郎との連絡も取れない。であればと、旧友を訪ねて伊豆《いず》の沼津《ぬまづ》に向かった。助右衛門は友人の世話もあって、湯河原《ゆがわら》温泉で髪結床《かみゆいどこ》を開くことができた。

客は地元の人たちだけではなかった。

湯治《とうじ》を終えて帰る客は、かならず髪を結い直した。そうでなくても、しばらく滞在すると湯治客同士で親しい人もできる。そのため自然と身綺麗《みぎれい》にするので客足が絶えず、見世は思った以上に繁盛《はんじょう》した。

三

医者になって四年が経ったが、礼太郎は開業してからというもの、医学や本草《ほんぞう》学の書物を求めてかれなりに努力していた。お蔭《かげ》でかなりの人を治せたし、かれが首を振ると円斎先生がだめだとおっしゃったのだからと、患家の者が諦《あきら》めるまでの信用を得るようになっていたのである。

そうなっても礼太郎は、決して驕《おご》ることはなかった。これまでの旅の生活で、人がいかに自分勝手かつ気紛《きまぐ》れで、わずかなことで掌《てのひら》を返したようになるかを、厭《いや》というほど見ていたからだ。

礼太郎は恩人である太左右衛門への恩返しのつもりで、村人の病気を診《み》ているとの謙虚《けんきょ》な態度を崩さなかった。それもあって村人に尊敬され、当然だが居心地《いごこち》はとてもいい。

おだやかで心安らかな日々が続くにつれて、礼太郎の中で少しずつ変化が見られるようになっていた。

なんの罪もないのに、片桐久仁之助の非を咎《とが》めただけで逆恨《さかうら》みされて殺された父の無念を思うと、なんとしても晴らさずにはいられない。その熱い思いがあるからこそ、苦しい旅や理不尽な辱《はずかし》めにも耐え続けることができたのである。

とは言うものの、との疑念が胸の裡《うち》に湧きあがる回数が次第に増えるのを、どうすることもできなくなっていた。

これだけ長期に及ぶ敵探しの旅でなんの成果も得られないのは、すでに相手が死んでいるからではないだろうか。とすれば自分のやっていることは、徒労以外の何物でもないとの言い訳めいた思いが、いくら抑えても頭をもたげるのであった。

これほどの苦しみを堪《こら》えて捜し歩いたのだから、務めは十分に果たしたのではないだろうか。その考えが日ごとに強くなるのをどうしようもなかった。ここまで頑張ったのだから、この辺りで打ち切って、斑鳩の地に骨を埋《うず》めてもいいのではないだろうか、との誘惑に負けそうになってしまうのである。

さらに困ったことに、嫁取りの話が持ちこまれるようになった。三十四歳の若さで、医者としての評判も日々高まっている。太左右衛門にすれば、独身《ひとりみ》でいることと自体が不可解でならないのだろう。

故《ゆえ》あって、とやんわり受け流しているが、いつまでもそれで通す訳にいかないのはわかっていた。

医者になって半年がすぎたころ、礼太郎は村の若者の一人を弟子《でし》にした。片桐に巡りあうことがあれば、当然だが討ち果たさねばならない。となると斑鳩村を離れねばならず、太左右衛門や村人に迷惑を掛けることになるのがわかっていたからだ。

礼太郎の心の揺れは日とともに強くなり、ほとんど限界に達していた。

一方の助右衛門も、湯河原温泉を安住の地と思い始めていた。十五年に及ぶ旅で、身も心も疲れ切っていたのだ。五十八歳、還暦《かんれき》を目前にしての当てのない旅は、思うだけでも疲れる。智次郎に死なれ、礼太郎とは連絡が取れず、まさに孤《こ》軍奮闘《ぐんぷんとう》と言ってもいい状態であった。

こちらも礼太郎とおなじように、この辺で終止符を打ってもだれも文句は言わないだろう、と思うようになっていた。

そして年が明け、礼太郎は三十五歳、助右衛門は五十九歳になった。

春、礼太郎は偶然、村人の一人から片桐久仁之助らしい老いた僧侶の話を聞いた。打ち明けたのは宗吉《そうきち》と名乗る三十歳の男で、上総《かずさ》の出だとのことだが、国を出て各地を渡り歩いたという。四、五年まえに奈良の斑鳩村に来て、縁があって百姓家の娘婿《むすめむこ》になったそうだ。

上総のある寺の住持であった緘昭《かんしょう》と名乗るその僧は、十年前の当時五十代後半だったそうだから、今は六十代後半。片桐久仁之助が生きておれば六十八歳だから、年齢の面からは一致する。

西国の訛《なま》りがあったとのことだが、宗吉は上総の生まれゆえ、どうやら西国らしいというだけで、京大坂、中国筋、四国、あるいは九州かどうかまでは特定できなかった。

宗吉によると、墨染の衣は着ているがとても坊主には見えなかったため、強い印象が残っているとのことだ。

ともかく尋常《じんじょう》とは思えなかったらしい。なぜなら坊主でありながら、常に短刀を懐に忍ばせていたとのことである。しかも出掛けるおりには、刀を仕込んだ杖を手放さなかった。

どこかに出掛ける場合も、行きと帰りで道をたがえる。人が訪ねて来ても小坊主か寺男に対応させて、自分はなるべく人前に出ぬようにしていた。

それほど慎重だということは、敵に追われているからではないだろうか。ますます片桐の可能性が高い。

となると弟の智次郎と叔父の助右衛門に報せたいが、居所が知れないのである。

駿河国《するがのくに》沼津藩に叔父の親友がいたことを思い出した礼太郎は、患者を弟子に任せ、取り敢《あ》えず訪ねることにした。そして助右衛門が伊豆湯河原で髪結床をやっていることを知って、十数年振りに再会できた。

礼太郎はこのとき初めて、弟智次郎が七年もまえに亡くなっていたことを知って愕然《がくぜん》となった。だが嘆《なげ》いている場合ではない。緘昭が片桐であるかどうかを確認しなければならなかった。

助右衛門が五十九歳と高齢なので、上総へは礼太郎一人で確かめに行くことにした。

ところが辿《たど》り着くと、緘昭は二年前に寺を出たとのことであった。行く先を尋《たず》ねたところ、どうやら蝦夷地《えぞち》らしい。そう聞いただけで疲れがどっと出たが、そんなことは言っていられなかった。確かめるために、礼太郎は助右衛門に飛脚《ひきやく》便《びん》で知らせて蝦夷へ向かうことにした。

蝦夷地に渡ったものの、手掛かりは得られない。しかしせっかく遠国《おんごく》まで来たのだからと、意地になって蝦夷地を経巡った。すでに僧でない可能性もあるので、対象は坊主にこだわらなかった。

一年以上探し廻《まわ》り、秋になって急に気温もさがり始めたので、礼太郎は諦めて蝦夷地を引き揚げることにした。

上総にもどり、蝦夷地へ行ったらしいと話した男に会って、怒りが爆発しそうになった。礼太郎に打ち明けたあとでわかったのだが、どうやらおなじ宗派の上野国《こうずけのくに》の寺に移ったようだと言われたのである。

危険が迫ることを予感した緘昭が、もしも自分を尋ねて来る者がいたら、蝦夷地に行ったと言うようにと言い含めたらしかった。

礼太郎は、今度いい加減なことを言えば、あとでそのままにはしておかないと脅《おど》した。怯《おび》えた相手は上野国の寺に移ったのは本当だと誓った。

上野の寺に行くと、すでに緘昭は移っていた。年の瀬である。礼太郎は近くの温泉で休養することにした。こうなればジタバタしても始まらない。新しい年を迎えて再出発するしかないと、腹を括《くく》ったのである。

新年を迎えて七草も終えたので、礼太郎は言われた寺に向かった。

寺に着いた礼太郎は、相手に気付かれぬように窺《うかが》い見た。老僧の緘昭を敵の片桐らしいと思ったが、確信は持てなかった。殺《あや》めるからには、人違いであっては取り返しがつかないことになる。

礼太郎が最後に片桐を見たのは、父が殺された年なので六歳であった。奥小姓兼奥納戸役の父のもとには客が多かったが、片桐もそんな一人であった。だから顔をはっきり覚えているとは言えない。

あれから三十年が経ち、敵討ちの旅に出てからでも十八年になっていた。記憶は極めて曖昧《あいまい》だし、三十年もすれば面変《おもが》わりもする。しかも剃髪《ていはつ》していればなおさらのことだ。いずれにせよ、慎重を期するしかない。

礼太郎は顔を確認してもらう人物を捜しに、八月末に園瀬にもどった。

旅に出て以来となる母親との再会であったが、ひどいやつれようで、六十二歳なのに古稀《こき》を越えた老婆《ろうば》にしか見えなかった。当たりまえだろう、敵討ちの旅に出た息子たちからは連絡がなく、生死すらわからなくては心が病まぬはずがない。日々祈るだけの暮らしであったはずだ。生きていてくれただけでも、ありがたいと思うしかなかった。

再会を喜ぶ余裕もなければ、弟智次郎の死を打ち明けることもできなかったのである。息子が不運のうちに亡くなったことを知れば、母はとても生きてはいられないはずだ。助右衛門もやはりおなじ思いからだろう、義姉には黙っていたらしい。

礼太郎は母に、父の敵の片桐久仁之助にまちがいないので、なんとしても首を取ってもどる。今しばしのご辛抱《しんぼう》を、と言うしかなかった。

親類の猿渡兵助が、片桐ならよく知っているし、すでに隠居の身なので自由が利く。なんとしても役に立ちたいと言うので、願ったりかなったりであった。

兵助を伴った礼太郎は、その月の晦日《みそか》に上野国に着いた。旅人宿に泊まり、兵助は乞食《こじき》に扮《ふん》して探りに行き、老僧緘昭が敵だと確認した。粒粒《りゅうりゅう》辛苦《しんく》の末に、ようやく片桐を突き止めることができたのである。

叔父の助右衛門に連絡し、到着を待って討つべきであったが、逃げられては元も子もない。

十月九日、礼太郎は遂《つい》に片桐を討ち取ることができた。

園瀬の民にすればその瞬間を詳しく知りたいところだろうが、相手は年寄りでもあることなのでと、礼太郎は多くを語ろうとはしなかったそうだ。講釈で語られるように劇的でもなければ、息を呑《の》むような死闘もなかったからだろう。

それもあってか、野次馬でしかない園瀬の民は、猛烈に想像力を掻《か》き立てられたようであった。

片桐が武士とは思えぬ命乞《いのちご》いをして醜態を曝《さら》したので、いくら敵とは言え礼太郎は情けでもって口を噤《つぐ》んだのだ。なぜなら離縁されはしたが元の妻も、自分と同年輩の子供もいるからである。

あるいは片桐がその期《ご》に及んでも生きることに執着《しゅうちゃく》し、礼太郎を油断させ、卑怯《ひきょう》な手段を用いて命を奪おうとしたのかもしれない。などなど、想像、いや妄想は留まるところがなかったのである。

もっとも武士はそのようなことは考えぬだろうし、思ったとしても口に出さないが、領民の八割五分は武士ではない。

それはともかく、その後は型通りの幕引きとなった。

敵討ちの一件は、集落の肝煎《きもい》りから大肝煎り、さらに代官に届けられた。礼太郎は代官の許可を得て、助右衛門に敵討ち成就《じょうじゅ》の飛脚を立てた。

上野の藩には代官が報告し、徒目付二人が検視役として到着したのが十三日である。十四日には礼太郎と兵助に対する調べがあった。礼太郎は藩主からの仇討免状を示し、藩は江戸の町奉行所に確認の便を出した。

正式な手続きを経て敵討ちがおこなわれたことを確認した藩は、礼太郎に白羽《しろは》二重《ぶたえ》と銀子《ぎんす》を与えている。

上野の藩からの通知を受けた園瀬藩は、礼太郎たちの引き取り役を決めた。物頭、徒目付、郡方二名が、三十名の足軽を率《ひき》いて出発したのである。

行きちがうように助右衛門が駆け付けた。上野の藩の家老は情けのある人で、園瀬藩からの引き取り手が到着すれば、兵助が片桐を確認し、礼太郎と助右衛門が協力して敵を討ったと、口裏をあわせるように助言した。

園瀬藩からの一団が上野に到着したのは、十一月二日であった。型どおり相手側の応対を受け、十八日に敵討ちのおこなわれた現地に向かって確認をすませた。

二十日に礼太郎と兵助は、上野の藩から園瀬藩の使者に引き渡された。

かれらが園瀬に帰着したのは、十二月の十二日であった。

暮れから新年にかけてのあわただしさもあったので、大野礼太郎と遠藤助右衛門についての扱いは、年が改まってからの評定《ひょうじょう》で決められることとなった。

園瀬藩では毎月、二の付く日を式日としていて、本丸の東に位置した二の丸で評定が持たれる。二日と十二日には家老、中老、月番の物頭が、政務の打ちあわせをおこなうことになっていた。二十二日には、その顔ぶれに非番の物頭、目付、寺社、勘定、町の三奉行が加わり、大評定が持たれることになっている。

年が改まった。

年末年始にはなにかと人が行き交う。鏡開きのころには、片桐久仁之助に大野優之進を殺された息子の礼太郎が、叔父の遠藤助右衛門とともに敵を討ち取った顛末《てんまつ》を、園瀬の民《たみ》のだれもが知悉《ちしつ》していたのである。

正月二十二日の大評定には、国許にいた藩主九頭目隆頼も出座された。

敵討ちを成就したことで大野家の再興はなり、礼太郎は父とおなじ百二十石の家禄《かろく》を安堵《あんど》されたのである。そして石高《こくだか》にふさわしい屋敷を与えられた。

礼太郎とともに敵討ちの旅に出た助右衛門は、兄の優之進が片桐に殺されたとき三十歳であった。出立は四十二歳のことだが、この日があると見越してか、家督を息子に譲《ゆず》って早めに隠居していた。

藩は遠藤家に対し二十石を加増した。上野の藩の家老が示した恩情が、活《い》きたということであった。

僧緘昭が片桐久仁之助であることを確認した猿渡兵助も隠居であったが、こちらも個人への褒賞《ほうしょう》でなく家に対して十石が加増された。

ようやくのこと落ち着きを取りもどした礼太郎は、斑鳩村の太左右衛門に報告した。事情があって突然に村を出なければならなかったことを詫《わ》び、父の敵を討つことができ、家を再興できたことなどを書き連ねた。

太左右衛門夫妻と、礼太郎を兄のように慕《した》っていた一人息子の喜びようは、大変なものであった。あるいは大望をお持ちのお方ではないかといつも話しておりましたが、本懐を遂げられてまことにおめでとうございますと、祝いの品々が届けられたそうだ。

四

武士の鑑と称された礼太郎には、かなりの嫁取り話が持ちこまれたらしい。なにしろ百二十石は園瀬藩では上士であり、十九年の歳月を掛けて父の敵討ちをし、廃された家を再興して高い評価を得た時の人である。

数多《あまた》の縁談が持ちこまれて当然かもしれないが、礼太郎は苦労を掛けた母のミナが気に入った遠縁の娘を選んだ。

礼太郎の三十八歳に対し、花嫁は十六歳下の二十二歳ということで、齢《とし》の差も含めて話題になった。二人とも、特に花婿が高齢ということもあって、早めに挙式したいとの意向で話が進められていた。

ところがめでたいことが続いて安心したのと、長い苦労で心身が弱っていたのだろう、寝付いたと思う間もなく、ミナが儚《はかな》くなったのである。医者によると心の臓が弱っているところに、急激に生活が変わったことが負担になったらしかった。

式は母の喪《も》が明ける一年後に持ち越された。礼太郎は父親の名である優之進に改名することにしていたが、それも挙式まで延期となった。

この数ヶ月というもの、あまりにもあわただしかったので、しばらく間を置くことが却《かえ》っていい結果をもたらすのではないかと、親類縁者は慰《なぐさ》めたそうである。

礼太郎がどことなく浮かぬ顔しているのは、新しい生活に向けてとんとん拍子に進んでいたのに、頓挫《とんざ》したと感じたからかもしれなかった。あるいは苦労は多くとも、ある意味では気ままであったそれまでと、制約で雁字搦《がんじがら》めの藩士の窮《きゅう》屈《くつ》さの差を埋めることができずに、鬱々《うつうつ》としているのかもしれなかった。

源太夫には礼太郎の心の裡を窺い知ることなどできはしない。

ある意味で、運命に翻弄《ほんろう》されたと言っていい男であった。

その男がじっと軍鶏を見ている。

闘鶏を、ではない。軍鶏の闘いはとっくに終わっていた。

軍鶏の世話をし、闘鶏を仕切っている若い下男の亀吉が、筵《むしろ》を拡げて陽に干している。筵を二枚、縦に繋《つな》いで丸めたものを土俵として、その狭い空間で軍鶏を闘わせていた。

口を開ける以外に体温をさげる手段を持たぬ軍鶏には、闘いのまえに強制的に開けさせた口に水を流し入れ、頭、顔、頸《くび》を中心に水を霧状に吹き付ける。そのため激しい闘いで水が筵に飛び散るのであった。闘いが凄《すさ》まじければ、蹴爪《けづめ》や嘴《くちばし》で引きちぎられた肉片が筵にこびり付くことも稀《まれ》ではない。

筵を拡げておくと、軍鶏の卵を托卵《たくらん》させるために飼っている矮鶏《ちゃぼ》が、その肉片を啄《ついば》んで掃除してくれるのである。

後片付けも終わった。

唐丸籠の中では羽毛を輝かせた軍鶏が、ときおり翼を拡げながら伸びをし、体をほぐしている。

見物していた弟子や軍鶏仲間も引きあげて、庭にいるのは源太夫、権助、そして礼太郎だけとなった。

軍鶏仲間の惣兵衛や留五郎は礼太郎と話したそうであったが、相手が黙りこくっているので遠慮したらしい。敵討ちについて本人から直接、なにかと訊きたかったのだろうが、そんな気配が微塵《みじん》もないことを感じたからだ。

三人が三人とも、黙って床几に腰をおろしたままであった。

闘いを終えた軍鶏を入れた唐丸籠に、亀吉が覆《おお》いを掛けていた。死闘のあとの軍鶏は、薄暗くして興奮を鎮《しず》め、疲れを取るために休ませねばならない。

「てまえはそろそろ失礼しますかな」

権助はそう言って竹製の杖を手にした。

園瀬の里では竹の地下茎《ちかけい》を根ブチと呼ぶ。権助の杖は握《にぎ》りの部分が根ブチで、丸くて握りやすい。

亀吉が軍鶏の師匠である権助のために、丹精《たんせい》を凝《こ》らして作った品であった。握った掌にうまく収まるよう、複雑に絡《から》みあって捻《ねじ》れた根ブチを小刀で削り、火に炙《あぶ》って油を抜いてあるので軽くて持ちやすい。

その杖を突いて権助がゆっくりと立ちあがろうとすると、亀吉が駆け寄ってその体を支えた。

「それでは大野さま、どうかごゆるりとなさってください」

権助は杖を突きながら、道場の隅に造られた下男部屋へゆっくりと向かった。

ちらりと見て目礼したので、源太夫も目礼を返した。

礼太郎は黙したままである。

予告もなしにふらりとやって来たが、一応は客なので、源太夫も自分から立ち去る不作法はしない。やはり黙って坐っている。

「軍鶏侍……か」

礼太郎が言葉を発したのは、庭に来てから三度だが、そのうちの二度は「軍鶏侍……か」であった。

源太夫は微苦笑した。

かなり間を置いて相手はつぶやいた。

「渾名《あだな》で呼ばれるのは、軍鶏を飼う物好きはおらなんだゆえ」

「あのころは、軍鶏を飼う物好きはおらなんだゆえ」

源太夫がそう言うと、礼太郎はわずかに右の眉《まゆ》をあげた。

「今では軍鶏を飼う者が増えたので、園瀬の里は軍鶏侍だらけということになる」

ピーヒョロロと甲高《かんだか》い啼《な》き声がした。

平地から山の斜面を追いあげる風があるらしく、鳶《とび》がゆるやかに滑翔《かっしょう》している。

ふたたび鳶が啼くと、礼太郎は空を見あげながら言った。

「秘剣を編み出したそうだな、闘鶏を見ておって閃《ひらめ》いた、と聞いたが」

それを知りたかったのか。であれば単刀直入に切り出せばいいものをと思ったが、それだけでは相手の真意は読めない。

「秘剣か。そう言う者もいるようだが、取り消すまでもないので、打ち捨ててある」

「でもあるまい」

礼太郎は源太夫に顔を向けた。無表情だが目には強い光が宿っている。

「何人も倒したというではないか」

「まやかしだが、相手が秘剣という言葉に縛られ惑《まど》わされるとわかったので否定はせぬ」

「相手が勝手にか」

「さよう」

「言葉に縛られて、おのれを喪《うしな》うということだな」

「なにかに縛られると、その分、気を殺《そ》がれることはよくあることだ」

礼太郎は地面に視線を落としたが、なにか感ずるところがあったのか、遣《や》り取りをどう解釈すればいいのかわからずにいたのかまでは、源太夫には判断できなかった。

「今日は非番でな」

だから散策をしていて、岩倉道場の庭でおこなわれている闘鶏に、行き当たったと言いたいのだろうか。源太夫は黙って相手の言葉を待った。

「笑うしかなかろう」

源太夫の反応を引き出そうとしているのがわかったので、さらに相手の出方を待つことにした。源太夫が黙ったままなので、礼太郎は微かにではあるが苛立《いらだ》ちを感じたようだ。フンと鼻を鳴らした。

「笑うしかない」

繰り返しても源太夫が応じないので、自嘲《じちよう》気味に続けた。

「勤めに当番と非番があることを、この齢《とし》になって初めて知ったのだからな」

こちらの反応を、どう出るかを見ているのは明らかだ。源太夫の出方次第で話を打ち切るか、続けるかが決まるのだと感じた。

礼太郎は帰参が叶い、ほどなく父優之進とおなじ役職に就《つ》くことになってい

る。通常なら見習い期間を経てから役に進むが、事情が事情だけにおなじように
はいかない。

当座は引き継ぎ以前の段階、つまりその役目がどういう職掌《しょくしょう》であるかを教わっているのだろう。それに必要な知識や、役をこなすための能力と技術を身に付けねばならない。そして半年か一年、準備をし、調った時点で役を務めることになる。

長年、父の敵を討つという目的のために旅を続けた礼太郎は、自分には藩士とはいかなるものかとの認識が、まるで欠けていたと言いたいのかもしれない。

しかし十八歳で園瀬を出るまでに、縁者である藩士から、勤めがどういうものかは聞いていたはずだ。だから当番と非番があることを今になって知ったというのは事実とは思えないし、いささか大袈裟《おおげさ》である。

母の実家に身を寄せていたので、伯父や叔父、従兄《いとこ》などから話を聞く機会はあったはずだ。

たしかに敵討ちの旅のあいだ中、叔父の助右衛門とずっといっしょであった訳ではない。

園瀬を出て大坂から京都に向かい、片桐久仁之助を捜しながら東海道を進み、

二十歳《はたち》になって江戸に着いている。江戸留守居役の世話で小伝馬町の旅籠に止宿し、長屋に移ってさらに探索を続けた。手掛かりが得られなかったので二手に分かれ、弟智次郎と叔父の助右衛門が西に向かったのは、礼太郎が二十一歳のときであった。

ほぼ三年、足掛け四年をともにすごしたのだ。敵を討つことができれば帰参は約束されているのだから、助右衛門が兄弟に藩士としての心構え、番方（武官）と役方（文官）のちがい、さまざまな決まり事などを教えないはずがない。おそらく、藩士に当番と非番があることを知らぬに等しい状態だ、と礼太郎は自嘲したのだろう。

まさか、そんなことを聞いてもらいたくて来た訳ではあるまい。だが考えてみると話を聞いてくれる相手が、礼太郎にはいないのかもしれなかった。

かれら兄弟は藩校にも道場にも通えなかったし、廃された家の子ということもあって、同年輩の友人ができなかったことは考えられる。

十八歳と十五歳で敵討ちの旅に出てからは、一箇所に長く留まることはなかった。事情を隠さねばならないので、話し相手は兄弟と叔父、中間の松助だけである。

やがて礼太郎は忠実な下男の松助を亡くし、叔父とは離れ離れになってしまった。長年を孤独のうちにすごさねばならず、敵討ちが宿命であれば、趣味を楽しむ余裕もない。単調極まりない日々を、積み重ねるしかなかったはずだ。ただ一人、胸の裡を打ち明けることができたであろう弟の智次郎は、二十五歳という若さで旅の空に死んでいた。しかも礼太郎は、三十五歳になるまでそれを知らなかったのである。

三十七歳で敵討ちを果たしたことで、礼太郎は故郷に凱旋することができた。そして不惑《ふわく》を目前とした三十八歳で藩士に復帰したのである。ところが仕事に従事したことがないというだけでなく、藩士としての心構えすらできていない。今、礼太郎は懸命《けんめい》にそれを身に付けよう、いや取りもどそうともがいているのだろう。

源太夫は礼太郎の置かれている状態が、朧《おぼろ》にではあるがわかる気がした。最初のうちは丁寧《ていねい》に教えてくれた者もいたかもしれないが、浪々の日が長かったため、おそらく世の常識は身に付いていまい。扱いにくい無能者として、だれもが離れてゆき、孤立せざるを得なくなったと思われる。

となれば、陰口を叩かれるようになるのは目に見えていた。藩士としてこれほどの屈辱《くつじょく》はあるまい。

悶々《もんもん》としているとき、非番の日の散策中に闘鶏の場に行きあわせたのである。

とここまで来ると、あまりにも失礼な勘繰《かんぐ》りということになるだろうが、礼太郎の浮かぬ顔を見ていると、源太夫はそう考えずにはいられなかった。

軍鶏侍と言ったところを見れば、源太夫がどういう男かは、少なくとも表面的には知っているはずだ。

藩主の九頭目隆頼と、腹違いの兄でその補佐をしている家老の九頭目一亀《いっき》に見こまれた男である。文武の両面で若い藩士を教導するためとの理由で、道場を与えられていたのだ。

日々、弟子たちと軍鶏を相手に暮らし、特別な事情がなければ登城する必要もない。いわゆる藩政や、諸々《もろもろ》の事務的な問題で藩士と関わることはほとんどないので、いわば藩士の埒外《らちがい》にいると言ってもいいのである。

であれば普通の藩士には話せぬことが話せるかもしれないし、なにか得るところがあるかもしれないと、そのように思ったのかもしれなかった。

散策中に闘鶏に気付いてふらりと立ち寄ったふうを装ってはいたが、源太夫と話したかったのではないだろうかと、次第にそんな気がし始めたのである。

「なにゆえ軍鶏を」

「なぜに、とは」

「飼おうと思われたのだ」

源太夫はわずかにだが首を傾《かし》げた。

「なに、闘鶏を見たいだけで飼っておるのではなさそうだと、そう思うたのだが」

父親の敵討ちをするためにすごした自身の半生に、重なるものを微妙に感じたのかもしれないな、源太夫はそんな気がした。

「軍鶏が潔《いさぎよ》い生き物だからであろう」

「潔い、とは」

「鶏合わせ、つまり闘鶏の勝負は、次の三つで決するのだ。悲鳴をあげる。勝負を投げて蹲《うずくま》る。逃走する」

「逃走だと。逃げ出す軍鶏がいるのか」

「勝負の場を、角力《すもう》になぞらえて土俵と呼んでいる。筵を縦に二枚繋いで丸めたものだが、稀にその筵を駆け登って逃れようとする臆病《おくびょう》なのがいてな」

「飛んで逃げるのではないのか」

「体が重く、翼も短いので軍鶏は飛べぬ。跳びあがりはするが、せいぜい五尺(約一五〇センチメートル)だな」

「逃れるなら、潔いとは言えまい」

「潔いのは勝者だ。敗者は常に無様である」

「悲鳴と言われたが、まことに軍鶏が悲鳴をあげるのか」

「雄鶏《おんどり》は刻《とき》を告げるほかはまず啼かぬ。ときおり、ルルル、ロロロというふうに咽喉《のど》を鳴らすぐらいだ」

「悲鳴は啼き声と、どうちごうておるのか」

「クーッ、あるいはコーッと啼く。いや泣く。勝敗が決すると、勝者はそこで打ち切り、決してそれ以上の攻撃はせぬ。実に潔い」

「たしかに、軍鶏に劣《おと》る者のいかに多いことか」

「できることなら、軍鶏のごとくありたいものだ」

「まさに軍鶏侍であるな、岩倉どのは。よい話を聞かせてもろうた」

大野礼太郎は床几から立つと会釈《えしゃく》し、踵《きびす》を返して静かに歩み去った。

五

園瀬の城郭は、城山の頂《いただき》となる南西隅に三層の天守閣が聳《そび》えている。その北から東に掛けてが本丸、一段さがった東に二の丸、その南側の石段を西に折れて三の丸、さらに西、いくらか低い位置に西の丸が配されている。天守閣の真下、少し東寄りに三の丸、やや西寄りに西の丸、との位置関係であった。

城山の裾《すそ》、つまり城郭の下部はなだらかな斜面となっていた。城の南面にすこしずつの段差で、漆喰《しっくい》の塀に囲まれた武家屋敷が雛段《ひなだん》状に建てられている。

源太夫と目付の岡村真一郎たち三人の使者は、堀江《ほりえ》丁《ちょう》の岩倉屋敷の門を出ると右に折れて東に進んだ。左手に広大な調練の広場が拡がっている。しばらく進んで左折し、その先の橋を渡ると武家地であった。

岡村は小声で簡潔に経緯《いきさつ》を語ったが、それはほぼ源太夫の予想したとおりである。

見習期間中からその道一筋でやって来た若い部下には、礼太郎の仕事振りがもどかしくてならなかったことだろう。敵討ちの旅が長かったとの事情がわかっているだけに、根気よく噛《か》んで含めるように説明したはずである。だが実務経験が皆無《かいむ》の礼太郎は呑《の》みこみが遅く、応用も利かなかった。

そのため繰り返さねばならず、部下は次第に判断力と適応力のなさに苛立ち始めた。周囲の者の目には普通に説明しているように映っても、結果的に言葉の裏に無数の棘《とげ》をひそませずにはいられなくなったと思われる。

自分の弱点がよくわかっている礼太郎が、それに気付かぬはずがなかった。堪えに堪えていたであろうが、堪忍袋《かんにんぶくろ》の緒は限度を超えれば切れてしまう。

「愚弄《ぐろう》するにもほどがあろう」

激怒した礼太郎に答えた配下の声がちいさかったので、周りの者には聞き取れなかったらしい。あッと叫んだときには、首からは夥《おびただ》しい血が噴《ふ》き出していた。

その場の者たちは木石《ぼくせき》のごとく固まってしまい、動くことも声を出すこともできなかった。

「おのれが為《な》したことはわかっておるが、このような馬鹿げたことで腹は切らぬ」

言い捨てた礼太郎は、屋敷にもどると立て籠もった。

家士や奉公人には暇《いとま》を取らせたとのことだ。手当てと一時金を受け取った奉公人は全員辞めたが、家士のうち三人だけは残った。

「実は一番近くにいた者が聞いておってな」

岡村が声を落として言った。

「これでは禄盗人《ろくぬすっと》と変わらぬ、とでも口走ったか」

「なぜにそう思う」と言って、岡村は目を見開いた。「まさにそのとおりなのだ」

「流れからすれば、そこに行き着かざるを得まい。怒声を発して斬り付けたのだ。並の言葉では、そこまで激することはなかろう」

岡村は何度もうなずき、溜息とともに言った。

「気持がよくわかるだけに、切なく、痛ましい」

源太夫が横目で見ると、目付は顔を歪《ゆが》めていた。

「わかりすぎるほどわかるのだ、大野だけでなく双方の気持がな。ゆえに憤《いきどお》りの持って行き所がない」

この男は信ずるに値《あたい》する人物だ、と源太夫は思わずにいられなかった。

大野家の屋敷は、当然だが門が閉じられたままである。

「上意である。開門」

岡村が「カイモーン」と後半を伸ばしながら、独特の調子で声高《こわだか》に叫んだ。

足音が近付き、問う声があった。

「して、討手はどなたでござろうか」

「岩倉源太夫である」

切腹を命じたのに、無視して門を閉ざしたのである。開門の命令の意味は当然わかっているはずで、問いは確認のためだったのだ。

大野礼太郎は、源太夫以外に討手は考えられぬと思っていたらしい。直《ただ》ちに門扉《もんぴ》の軋《きし》む重い音がした。

音を立てて門を開けたのは、屈強な中年と若くて長身の家士である。二人は源太夫たちに目礼すると、黙ったまま先に立ち、柴折戸《しおりど》を押して庭に入った。

あとに続く。

庭は無人で、ただならぬ気配を感じでもしたのか、池泉《ちせん》で鯉《こい》が跳ねた。

源太夫は懐から鋼入りの鉢巻を出して締め、白襷を出して素早く掛けた。続いて袴《はかま》の股立《ももだ》ちを取った。

準備が終わるのを計っていたように、表座敷の障子が開けられると礼太郎が現れた。おなじように鉢巻を結び、襷掛けである。

礼太郎は硬い表情で源太夫を一瞥した。沓脱石《くつぬぎ》には履物《はきもの》が揃えられていたが、礼太郎は裸足《はだし》のまま降りると、ゆっくりと池を廻って四人のまえに立った。

正面から源太夫を見詰めた礼太郎は、満足げに笑みを浮かべた。

やはりこの男も、と源太夫は思わずにいられなかった。

立ちあいのおりに何度か感じたことがあるが、礼太郎もまた、ここを死に場所、これを死に時と自ら定めていたのである。覚悟を決めた男たちは、決まって静謐《せいひつ》な雰囲気を身にまとっていた。

死ぬためにその場に臨《のぞ》んだからである。万が一、源太夫を斃《たお》せたとしても、直ちに追手が繰り出す。一厘《りん》、いや一毛《もう》も生きて切り抜けられる道理はない。

でありながら、なぜに武士らしく潔く腹を切らずに、むだとわかり切った抵抗を試みるのか。それはおそらく、人を人として扱おうとせぬ理不尽な世の中、いや武家社会に対する異議申し立てなのだ。

蟷螂《とうろう》の斧《おの》とわかってはいても、振りあげずにはいられなかったのである。意地であった。黙って引きさがることだけはしたくないし、できないのだ。

だから強靱《きょうじん》なのである。脆《もろ》いのに強靱で、強靱なのに脆い。

岡村が懐から折り畳んだ紙片を出し、広げると言った。

「上意である。うけたまわれ」

両手で掲げると読みあげた。

理由もなく配下の者を斬殺したは不届きで、切腹の機会を与えたにもかかわらず応じようとせぬ。よって討ち取る、との内容である。

読み終わった岡村は、紙面を礼太郎に示した。相手がゆっくりとうなずくと、岡村たち三人の使者は五間（約九メートル）ほどうしろ、柴折戸の近くにまでさがった。

いつの間にか表座敷に、先刻の二人を含む三人の家士が正座していた。あるじの最期《さいご》を見届けようということだろう。表情は硬く、感情を押し殺しているのが遠目にもわかった。

源太夫と礼太郎は黙ったまま対峙《たいじ》した。

目があったので軽くうなずくと、二人は同時に鯉口《こいぐち》を切って抜刀《ばっとう》した。

礼太郎が地を蹴り、全体重を乗せて刀と腕を一直線に伸ばし、突っ掛かるように刺突《しとつ》してきた。刀身を撥《は》ねあげると身を翻《ひるがえ》し、相手よりも早く反転して一閃《いっせん》、源太夫は礼太郎の脇腹を斬り裂いた。

これまでの真剣勝負の中で一番早く、あっけなく勝負は決した。

老職一同の結論は源太夫以外に討手はいないとのことであったが、どうやら礼太郎を過大に評価していたようだ。

たしかに九歳から十八歳で園瀬を出るまで、免許皆伝の藩士に鍛えられてはいた。また江戸に出て二十一歳で剣術道場の下男となり、事情を知った道場主と師範代にかなり厳しく指導されたという。

だが二年後には道場を出て、尺八指南所を開いたのである。敵討ちのこともあるので、以後も鍛練は続けただろうが、そのような状態では力を維持するのが精一杯だったにちがいない。

二十六歳で尺八の師匠を辞めて旅に出、三十歳には奈良の斑鳩村で医者を開業している。素振りぐらいは欠かさなかっただろうが、それでは剣技は磨《みが》けない。

敵である片桐久仁之助らしき男の消息がわかったので、医者を辞めたのが三十五歳だ。そして三十七歳でついに敵討ちを果たし、園瀬に凱旋したのである。

園瀬では連日のように、祝いと歓迎の酒宴が張られたとのことであった。

そのような状態で、日々の鍛錬を怠《おこた》らぬ源太夫に、太刀打ちできる訳がない。

それがわかっているので、礼太郎は捨て身の戦法を取ったのだろう。

こうなると知りながらも、部下を斬らねばならぬほど強い屈辱を感じたということだ。気の毒と言うしかない。

だが源太夫はそれには触れず、ただ黙って何度もうなずいた。

「次の世では、なんとしても軍鶏に生まれたきものよ。いや」と、やや間を置いて礼太郎は言い直した。「軍鶏でなくともよい。人でさえなければ、なんであろうとかまいはせぬ」

顔を歪めたように見えたが、あるいは笑ったのかもしれない。首がぐらりと傾いた。源太夫は両目を閉じてやった。

止《とど》めを刺さずにすんだので、いくらかではあるが気が楽であった。相手の苦痛を短くするためとはいえ、毎度のことながら気が滅入《めい》ってならなくなるからだ。

「お役目ご苦労に存ず」

岡村に労《ねぎら》われても言葉を返す気にはなれないので、黙ってうなずいた。

書類の作成などもあるのであとの処理は自分たちに任せ、引き揚げていただいてけっこうですと岡村に言われた。

源太夫は礼太郎の遺骸《いがい》に両手をあわせて瞑目《めいもく》すると、使者たちに目礼してから大野屋敷を出た。

門前には、異様な雰囲気に何事が起きたかと思ったらしく、三々五々、立ち止まって屋敷内を覗きこむ者たちがいた。

源太夫が門を出ると門は直ちに閉められた。

いつものことながら、気も重ければ足取りも重かった。正願寺に恵海和尚を訪ね、清めの酒を飲みたいところであったが、みつたちが心配しているだろうと思うと自然と足は屋敷に向く。

武家地の白い漆喰塀に挟まれた道を何度か折れ曲がり、濠《ほり》に架けられた橋を渡った。

人の一生はなにがあるかわからぬと、しみじみ思う。

礼太郎と智次郎にしても、父親が配下の片桐久仁之助に殺害されなければ、平凡だがおだやかな生涯を終えられたはずである。

それが一瞬にして反転してしまったのだ。

父親を殺されたからには、敵討ちを成就させて家を再興するしか道は残されていない。しかし余程の幸運に恵まれない限り、達成できないこともわかっている。相手に巡りあえるのは、盲《めしい》の亀が大海原で浮木《ふぼく》と行きあうよりも難しい。

敵が病気や事故ですでに死んでおれば、まったくの徒労に終わる。相手の死がわかることは稀で、生死が不明であっても探し続けねばならない。死んでおれば敵は討てず、家の再興はできないので、生涯を浪人ですごすしかないのである。清水《きよみず》の舞台から飛び降りる覚悟で、商人や職人になる方法もあった。若いとか身分が低い者ならなんとか堪えられるかもしれないが、高禄を食んでいた者や中年を超えた者にはできることではない。

運良く敵に巡りあえたとしても、返り討ちに遭《あ》うこともある。

だからといって、勝手に打ち切ることもできない。もしそれを選べば、残りの人生、死ぬまで後悔に苛《さいな》まれねばならないのである。行くも地獄、留まるも地獄。引き返すことはできない。旅を続けるしかないのだ。

兄弟なり、伯父や叔父、下僕などの連れがいればいいが、独りで追い続けねばならぬことのほうが多い。孤独に耐えねばならないのである。いや連れが、話し相手がいたとしても、希望が持てない日が続けば孤独の度合いは一層強いかもしれない。

成功できる可能性はかぎりなく零に近いのに、愁《うれ》うべき材料はやたらとある。

敵は生きているのか、生きていたとしても自分は敵と巡りあえるのか。幸運に相手を見付けたとしても、斃すことはできるのか。返り討ちに遭うのではないのか。それらの迷いと苦悩に、敵討ちを達成せぬかぎり付きまとわれるのである。

だからと言って投げ出す訳にいかず、それも愁いの種となるのだ。

礼太郎の場合は、幸運にも目的を果たすことができた。

ところが家を再興し、父とおなじ役に就くことができはしたものの、自分にはその役を熟《こな》せそうにないとわかったのだ。しかも無能を思い知らされただけでなく、侮辱されたのである。

その苦痛は、源太夫にとって他人事とは思えない。

単純で単調な御蔵番を勤めながら、剣の道でなら藩の役に立つことができると信じ、早くからその準備をしていたのだ。そして息子修一郎《しゆういちろう》に長男が生まれたのを機に、家督を相続させて自分は隠居し、同時に道場開きを願い出た。

三十九歳の二月のことである。

家督相続と隠居は許可されたが、道場開きの許しは出なかった。

実は藩を私物化していた国家老を除くため、水面下でさまざまな動きがあったのだ。反国家老派は相手方の刺客に対する切り札として、源太夫を温存したかったのである。道場を開けば、相手方も注目するのがわかっていたからだ。

なにも知らぬ源太夫は無能の烙印《らくいん》を捺《お》されたと感じ、ひどく気落ちした。しかし国家老派の差し向けた刺客を斃し、中老からの江戸参府中の藩主の側用人《そばようにん》への密書を届けたことで、藩の改革を成功に導いたのである。功労者である源太夫は、改革の二年後、四十二歳の二月に道場を開くことができた。

源太夫は無能の烙印を捺されたと感じはしたが、侮辱されることはなかった。そこが礼太郎とは根本的にちがっていた。

藩は個々の事情をまるで考慮せず、敵討ちを果たして家を再興するのが武士のあるべき姿だと、当然のごとく強要する。その画一的《かくいってき》な押し付けが、結果として礼太郎に長い苦痛を与え続けたのだ。そして状況は急展開し、世間は礼太郎を英雄と祀《まつ》り上げた。だがあまりにも長い空白が、社会生活に不適合な人間にしてしまい、結果として地獄の苦しみを与えたのであった。

矛盾《むじゅん》である。

もしかすると帰参して感じた思いもしなかった落差に、礼太郎は愁いに満ちていた孤独な日々を、むしろ懐かしんだのではないだろうかとそんな気さえした。あるいは母のミナが生きていたら、礼太郎は部下の侮辱を堪《こら》えただろうか。ミナが亡くなっていたから思い切った行動に踏み切ったのかもしれない、とも思う。新妻を迎えたあとであれば、どうであったろう。さらに若い妻が腹に子を宿していたとしたら。

源太夫は頭《かぶり》を振った。

やはり斬り捨てたのではないだろうか。なぜなら自分一人のときよりも、むしろ苦痛は倍増《ばいま》したにちがいないからだ。

橋を渡り切った源太夫は、ゆっくりと南に向かっていたが、頭の中で考えが堂々巡りするばかりであった。

やがて広い通りに出たので右に折れた。右手が調練の広場となり、左前方には丸木を二本立てただけの岩倉家の門柱が見える。

その傍《そば》でなにかが動いたように見えた。

錯覚《さっかく》かと思ったが、そうではなかった。門を入ると目のまえが鶏合わせにも使っている庭で、庭の左手に母屋《おもや》、右手に道場がある。

庭と母屋を仕切る生垣のてまえに、妻のみつ、息子の幸司《こうじ》と娘の花《はな》が立っていた。道場の下男部屋のまえには杖を突いた権助と、その肘に手を添えて支えた亀吉がいた。

だれもがなにがあったか知っているので、さすがに笑顔はない。静かにあるじの帰りを待ち受けていたのである。

門柱の傍で動いたのは幸司か亀吉だろう。今か今かと源太夫の帰りを待ち、姿を見るなりみつや権助に報せたのだ。

源太夫はおおきくうなずいた。

武家である以上、一寸先が見えないと心得ていなければならない。いかなるきっかけですべてを喪うことになるか、知れたものではないからだ。

だからこそ日々を、そして周りの者を大切に、愛《いっく》しまねばならないのである。

※執筆に際し、長谷川伸著『日本敵討ち異相』、長谷川伸著、伊東昌輝編・校訂『日本敵討ち集成』（ともに角川文庫）を参考にしました。

似た者夫婦

一

「勝五《しょうご》は寝たか」

腰の物を渡しながら東野弥一兵衛《とうのやいちべえ》が訊《き》いた。

「はい」と、両袖《りょうそで》で受け取って園《その》は答えた。「父上にお休みの挨拶《あいさつ》をしてからと言い張っておりましたが、遅くなるかもしれぬとのことでしたので、先に寝かせました」

下城時刻と思《おぼ》しきころ、同輩と飲むことになったので先に休んでいるようにとの弥一兵衛の言葉を、供侍《ともざむらい》の早瀬三五郎《はやせさんごろう》が伝えにもどった。園は食事をすませて勝五を寝かせると、縫物をしながら夫の帰りを待っていた。

帰宅は五ツ半（九時）見当だろうか。微醺《びくん》のようだ。

刀架けに大小を置くと、夫の脱いだ羽織《はおり》と袴《はかま》を畳みながら訊《たず》ねた。

「ご酒《しゅ》になさいますか。お食事でしたらお茶漬けになりますが」

飲み会ではあまり食べないこともある、と聞いていたのだ。

「茶をもらおう」

いつでも淹《い》れられるように火鉢に鉄瓶を掛けておいたので、すぐに用意できた。濃いと眠れなくなるかもしれないので加減し、繕物を片付けて園もいただくことにした。

黙って飲んでいた弥一兵衛が、なにげなくという感じで言った。

「住めば都さん、だそうだ」

園がまじまじと見ると、夫はからかい気味の笑いを浮かべた。

「身に覚えがあると思うがな」

言われて「あるいは」と思ったが、「まさか」の気持のほうが強かった。しかし考えてみると、ほかに理由は考えられない。

「渾名《あだな》でしょうか」

弥一兵衛はおおきくうなずいた。

「渾名になっておるということは、住めば都が口癖《くちぐせ》になっていたとか、よほど印象が強くて一度聞いただけで忘れられなかったとか、まさに園そのものを表しているとだれもが感じた、あるいはそう思ってしまうということだろうな」

「渾名になるくらいの口癖だったのですね」

「ということだ。でなければ、ここぞという場面で決め台詞《ぜりふ》のように言ったのだろう」

「でも、どうして」

その渾名で呼ばれているのを弥一兵衛が知ったとすると、酒の席で話題になったとしか考えられない。

「話しているうちに相手がうっかりと口を滑《すべ》らしたのだが、気まずそうな顔になったのでおまえの渾名だと見当が付いた」

さり気なく話題を変えようとする相手に無理強《むりじ》いしたところ、蔭《かげ》ではだれもが園を「住めば都の」を頭に付けて呼んでいるとのことであった。

「住めば都のお園さんと呼んでおるらしい。それも園瀬《そのせ》中の人がな」

「まあ、たいへん」

「園瀬中というのは大袈裟《おおげさ》だとしても、女たちのあいだではそうなっておるようだ。知らなんだのか」

「思いもしませんでした」

「わしが知らなんだのは仕方がないとして、当の本人が今日の今日まで気付きもせなんだとなると、呆《あき》れたものではないか。知らぬはわれら夫婦《めおと》だけ、ということだから笑うしかないな。しかし気にするほどのことはない」

悪い意味ではなくて、むしろ羨《うらや》ましさと憧《あこが》れの思いが籠《こ》められておるようです、と相手はあわてて付け加えたそうだ。

「そんな渾名で呼ばれているなんて」

言われれば、思い当たることがない訳ではない。

「こちらに来てしばらくは、決まり文句のように口にしたことがありました。なぜならそれがわたしに対する思いやりでもあるかのように、多くの方から、田舎《いなか》は退屈で我慢ならないでしょうね、お園さんには、とか、そろそろお江戸が恋しくてならぬのではありませぬか、などと言われたからです」

園が出自について話したことはなかったが、幼くして亡くした父が旗本の三男坊だということは、いつの間にか知られていた。

江戸育ちで、しかも旗本の娘でありながら、なぜ遠国《おんごく》園瀬の侍に嫁《とつ》いだのかが、女たちにはふしぎでならないらしい。まして当時、才二郎《さいじろう》と呼ばれていた弥一兵衛は陪臣《ばいしん》、つまり藩士の家来であった。

それもあって、判で捺《お》したような問いになったのだろう。

園はその都度《つど》、自分が園瀬をとても気に入っていることを強調した。「こちらは特別に良い土地でございますよ」とか、「住めば都と申します」と笑って答えたものだった。

「ムキになっていたかもしれません。なぜなら、わたしはまさにそう感じていましたもの。ですが相手の方がそれを本心だとは思ってくれず、むしろ痩《や》せ我慢と見ているらしいと感じてはいました。なぜわかってもらえないのだろうと、それがもどかしくてならなかったのです」

だからつい言ってしまったのだ。

「ご存じでないから憧れるのかもしれませんが、江戸は埃《ほこり》っぽく、騒々しくて殺風景な町なのですよ」

「でも江戸は洒落《しゃれ》て、江戸っ子は粋《いき》が自慢なんでしょ」

「江戸っ子なんて威張《いば》っていますけど、田舎者の集まりなんです。そんな人たちが、馬鹿にされてはたまらないと爪先《つまさき》立って見栄《みえ》を張ってるだけなんです」

相手は、まさかという顔になる。

「だって、花のお江戸と呼ばれているではありませんか」

園は静かにうなずいた。

「園瀬の名物には、園瀬の盆踊りがありますね。江戸の名物はなんでしょう」

「さあ、それは」

「江戸の名物として、このような言い廻《まわ》しがあるほどです。火事喧嘩伊勢屋稲荷《けんかいせやいなり》に」そこで言い淀《よど》んだが、言わなければわかってもらえないだろうと、園は思い切って続けた。「尾籠《びろう》で申し訳ありませんが、犬の糞《くそ》と続きます」

相手はキョトンとなったが、それから信じられぬという顔で口元を押さえた。

その反応に、園は思わず頬《ほお》を染めずにはいられなかった。

やはり、武家の女が口にすべき言葉ではなかったのだ。

しかしそうなればなったで、そのままにしておく訳にはいかない。

「火事喧嘩伊勢屋稲荷に犬の……。うしろのほうはイで始まる言葉を並べた遊びでしょうけど、そう言い切ってしまえるほどの味気ない土地でしてね」

相手が疑わしそうな顔をしているので、中途半端にはできないとの思いになった。

「江戸が火事と喧嘩の多いことはご存じでしょう」

うなずきながらも、相手はなにを言い出すのだろうという顔をしている。

「ですが伊勢屋稲荷に犬の……、のほうはおわかりでないと思います」

神君徳川家康《とくがわいえやす》公が町造りを始めた当初から、短期間で大発展を遂《と》げるにちがいないと、目端が利く伊勢の商人が大挙して江戸に移り住んだ。ゆえに江戸には伊勢屋が、特に質屋にその屋号を冠する見世《みせ》が多い。

また江戸には、各町にかならずと言っていいほど、稲荷の祠《ほこら》が設けられていた。二月最初の午《うま》の日である初午《はつうま》には、各町内の稲荷で盛大な祭礼がおこなわれる。

敷地内に稲荷社を祀《まつ》り、赤い鳥居《とりい》を建てた大名や旗本の屋敷も珍しくなかった。それらの多くは初午の日には庭を開放するので、それを楽しみにしている庶民も多い。

そして目に付くのが野良犬《のらいぬ》の群れで、路上には至るところに犬糞《けんぷん》が散らばっている。特に暗くなってからは、注意していても踏ん付けてしまうので厄介《やっかい》だ。

「これは実際に住んでいる者か、見物や仕事で用があって、江戸に滞在した人にしかわからないでしょうね」

そのような話をしたのだが、園瀬しか知らず、園瀬から出たことのない人にはおそらく想像もできなかったにちがいない。

あるいはと園は思った。所用で江戸に半月ほど滞在したことのある夫にも、わからないのではないだろうか。

「もしかして」

「ああ、それほど伊勢屋と稲荷が多いとは知らなんだ。たしかに犬の姿がやたらと目に付きはしたが」

「ですから、ほかのお方がご存じである訳がないと思います。江戸はいくら将軍さまのお膝元《ひざもと》だと言っても、埃っぽくて殺風景な町なんですよ。わたしは初めて園瀬を訪れたとき、木々や草花の緑が色濃く鮮やかで、しっとりと感じられることに、本当に驚かされたものでした。江戸の木々はどことなく白っぽくて、緑の色も薄いですから」

父秋山清十郎《あきやませいじゅうろう》が園瀬で亡くなったと知らされた園は、義父勝五郎《かつごろう》や二番番頭の音吉《おときち》と墓参のため園瀬にやって来た。そして父とは江戸の椿《つばき》道場で相弟子《あいでし》だった、岩倉《いわくら》道場のあるじ源太夫《げんだゆう》とその妻みつ、さらには二人の子供や弟子たちと知りあえたのだ。

園瀬での滞在は三泊四日と短かったが、園はその土地とそこで暮らす人々に魅了され、園瀬が忘れられなくなってしまったのである。江戸にもどっても絶えず園瀬を話題にしたので、勝五郎と音吉を苦笑させたほどだ。

二年後、浅草奥山《あさくさおくやま》でならず者に絡《から》まれた園は、園瀬藩中老芦原讃岐《あしはらさぬき》の家士東野才二郎に助けられた。あるじに命じられて江戸留守居役に書類を届け、返書を持ち帰る用で江戸に来ていて、たまたま金龍山浅草寺《きんりゆうざんせんそうじ》を見物していたのである。

ふしぎな縁《えにし》で二人は結ばれた。

「と言うことは、御旗本の姫君が惚《ほ》れ抜くほど、その若侍が武士としても人としても、魅力に溢《あふ》れていたからということになる。ところが園瀬には、そのように考えた女性《にょしょう》は皆無《かいむ》だったということであるな。それだけでも園瀬の女どもには人を見る目がなく、心が狭小《きょうしょう》だということになりはしないか」

「旗本の姫君はよしてくださいな。むしろ、わたしのほうに問題があると考えたのかもしれません。心か体のいずれかに致命的な欠陥《けっかん》を持っているとか、人に知られては恥ずかしくてとても生きておられぬほどの弱みを、おまえさまに握《にぎ》られているため、泣く泣く園瀬まで付いて来ざるを得なかったのだ、とか」

「そんな女がだな、園瀬の里を褒《ほ》め称《たた》え、住めば都です、などと事あるごとに言うであろうか」

「そうとでも自分に言い聞かせなければ、とても辛くて生きていけないにちがいない、とか」

「なるほど、十分に考えられることだ」

「まあ、ひどい」

二

諺《ことわざ》の「住めば都」は、いかに不便で辺鄙《へんぴ》であろうと、慣れてしまえば心地《ここち》よい所であるとの意味である。

園にとって園瀬はまさに都と断言してもよかったが、それがわかってもらえぬことが口惜《くや》しくて、「住めば都と申します」を頻発《ひんぱつ》したのであった。

「ですが、園瀬にまいって今年で六年目になるのですよ。来たばかりのころは口癖だったかもしれませんが、もう長らくその諺は使っておりませんけれど」

「だがあのころしきりと使ったゆえ、住めば都のお園さんが渾名になった。だれもが呼ぶくらい、園の枕詞《まくらことば》となってしまったということだな」

「もしかしたら一生そう呼ばれるのかしら、住めば都のお園さんって」

「多分、おそらく、いやまちがいなく呼ばれるだろう。呼ばれ続けると思う」

「住めば都のお園さん、ですか」と、言った下から顔が綻《ほころ》んだ。「でも、悪くないですね」

「そうとも、渾名にしちゃ上出来だ。それに渾名で呼ばれるのは、相手が親しみをこめて接してくれているからということになる」

園瀬を自分の居場所と定めた園にとって、これはうれしいことであった。

「今日まで六年間というものわしらはまさか、園が住めば都のお園さんと呼ばれているとは、知りもしなかったのだ」

「でも知ってしまいました」

「だったら、そうしてしまえばいい」

「そう、とおっしゃいますと」

「園瀬を、園の考えている都にしてしまえばいい」

あッと思った。弥一兵衛に言われた瞬間、なぜ思いつかなかったのだろうと、ふしぎな気がしてならなかった。

「憶《おぼ》えてらっしゃるかしら」

「なんだね、改まって」

「湯島《ゆしま》の父は随分《ずいぶん》と先のことまで見通して、遺漏《いろう》なきように動いていると、おっしゃったことがありましたでしょう」

園瀬に来てからは、園は秋山清十郎を父、湯島の宿屋「吉祥《きっしょう》」のあるじで育ての親である勝五郎を、湯島の父と呼ぶようにしていた。

「ああ、憶えておる。気配りの見事さには、ほとほと感心させられたものだ」

「今にして思うと、湯島の父はわたしがこうなることを、見越していたとしか思えないのです」

父の清十郎は、三千五百石の大身《たいしん》旗本秋山勢右衛門《せいえもん》が下女に産ませた子で、長兄とはひと廻り、次兄とは十歳の開きがあった。

母の政《まさ》は根津《ねづ》で長唄の師匠をしていたときに清十郎と知り合ったが、園が生まれた年に勢右衛門が亡くなっている。

下女の腹である清十郎は、兄たちやその妻子、さらには家士の冷遇に耐えられなくなったようだ。そして生活も荒《すさ》んだらしく、無頼《ぶらい》の徒と交わるようになり、いつしか行方《ゆくえ》がわからなくなっていた。

そうこうしているうちに、政が体調を崩したのである。しばらくは凌《しの》いだものの、長唄の師匠が続けられないので活計《たつき》にも困ることになった。清十郎の生死も定かでなく、しかも幼子の園を抱えていた。

そこで世話する人があって、勝五郎の囲われ者になったという経緯《いきさつ》がある。政はほどなく、健康を取りもどすことができた。

勝五郎は湯島で宿屋を営《いとな》んでいたが、息子や娘、また妾《めかけ》たちに手広く宿屋や料理屋をやらせていた。だがその実は、湯島の勝五郎として知られた俠客《きょうかく》である。

俠気《おとこぎ》のある勝五郎は、気性が激しくて利発な園をすっかり気に入ってしまった。実の父だと思っている園は甘え、ときには子供と思えぬほど鋭《するど》いことを言って勝五郎を驚かせた。

八歳になった園が剣術の道場に通いたいと願ったときも、勝五郎は理由を問わずに許した。男の子と喧嘩でもして、負けたのが口惜しくてならないのだと思ったらしい。一人で入門させずに、おなじ年頃の何人かの女児を、いっしょに通わせることにしたのである。

「でも、すんなりとは許してもらえませんでした」

茶道、活《い》け花、作法と書を習うこと、との条件が付けられたのだ。

「作法と書はともかく、茶道や華道のような女の子の習い事なんて、と思いはしましたけれど、なんとしても剣を習いたかったので我慢して学びました」

「女の子の習い事なんて、はよかったな。いかにも園らしい」

「おまえさまのもとに嫁いで、あちこちから招かれましたでしょう。江戸から毛色の変わった女が来たというので、品定めのつもりだったのですね。さり気なくお茶を勧《すす》めるなどして話しながら、ようすを見ていたのだと思います。湯島の父のお蔭《かげ》で事なきを得ましたし、おまえさまに恥を掻《か》かせずにすみました」

事情はどうあろうと、園は直参旗本の娘である。今でこそ湯島の宿屋の養女になっているが、将来、武家に嫁ぐ日が来ないとは言えない。

「そのとき恥を掻くようなことがあっては、湯島の勝五郎の名が廃《すた》る。いや、そんなことはどうでもよく、ひたすらわたしのためによかれと考えてくれた、という気がするのです」

小太刀《こだち》や薙刀《なぎなた》の技を習得しながら、園は茶道、活け花、作法、書を身に付けることができた。女にとって必須である裁縫に関しては、政に厳しく仕込まれている。

園が九歳のときに本妻が亡くなったが、喪《も》が明けるのを待って勝五郎は政をそのあとに直した。政は先妻の娘たちの着物は、ほとんど自分の手で縫ったほどの腕の持ち主であった。

園は「女ひと通りのこと」は難なくこなせるようになったが、それがどれほど身を助けたかしれない。

東野才二郎は芦原讃岐の家来の身ではあったが、岩倉道場の三羽烏《さんばがらす》の一人と称されてだれからも一目《いちもく》置かれ、若い藩士たちにとっては憧れの的であった。しかも中老に命じられた仕事をこなして江戸からもどるなり、「文武に秀《ひい》で若き藩士の模範となったこと」を理由に、父の代で廃されていた東野家を再興することを許されたのである。

それだけでも賞讃《しょうさん》されて当然なのに、なんと飛び切りの美女、それも旗本の娘を妻として連れ帰った。平凡な日々が続く南国の小藩にとって、これほどの事件はめったにない。

なお町人の娘が武家に嫁入りすることはできないので、園瀬藩江戸留守居役古《こ》瀬作左衛門《せさくざえもん》の用人の養女となってから東野才二郎に嫁いだ。才二郎は中老芦原讃岐の家士、つまり陪臣であるため、園は格の釣りあう古瀬の用人の養女となったのである。

その直後に、藩士に昇格することができたのだ。

湯島の宿屋「吉祥」のあるじ勝五郎の養女であったことは、隠している訳ではないが、園も才二郎も他人に話していなかった。知っているのは留守居役の古瀬とその用人、そして中老の芦原讃岐だけである。

才二郎改め弥一兵衛もまた、東野家を再興できた祝いとか、なにかと理由を付けて宴席や会合に招かれた。

それにもまして岩倉道場の相弟子や弟弟子たち、芦原讃岐のもとで働く朋輩《ほうばい》が、東野家を訪れるようになった。それだけならまだしも、その姉妹までもがひと目園の顔を見たい、話したい、江戸のことを教えてもらいたいとやって来るようになったのである。

ひと通りのことがわかればやがて熱は冷めてしまうものだが、そうはならなかった。園が江戸庶民の生活、風習などを知りながら手放しで評価せず、いい面も悪い面もきちっと捉《とら》えて話したからかもしれない。なによりも話題が豊富で話がおもしろかったからだろう。

さらに、園の周囲に人が集まる条件が整った。園瀬に来た翌年に身籠《みご》もった園は次の年に男児を出生したので、幼児を連れた若い母親がなにかと理由を設けて集まるようになっていたのだ。

そうなってからも、園は江戸育ちの旗本の娘として特別扱いされ続けた。そしてなにかというと、江戸のことを訊かれる。

いつしか園は、多くの人が江戸に対して過剰な憧れや期待から幻想を抱いているが、実はそれほどのことはなく、日々平穏《へいおん》で変化の少ない園瀬の生活にこそ味があると説《と》くようになっていた。それを続けたために、「住めば都のお園さん」の呼称を生んだのであった。それは確たるものとして、園瀬の人々の脳裡《のうり》に定着したのだ。

「自分でも気付かずに、いつの間にか園瀬をわたしたちの都にしていたのですね」

「園はな。わしの場合は都とはほど遠い。もっと頑張らにゃ夢は叶わない。これからだ」

園が十六の齢《とし》に母の政が亡くなったが、そのとき初めて父が旗本の三男坊だと知らされ、形見《かたみ》の印籠《いんろう》を渡された。

父だけでなく母も亡くした後妻の連れ子の園を、年齢が離れていることもあるのだろうが、義理の兄姉たちはそれまでと変わることなく可愛《かわい》がってくれた。それなのに、いやだからこそかもしれないが、園は湯島では居場所がなく、常に自分はお客さんだと感じていたのである。

あの日のことは今でも忘れられない。

父の墓参のため園瀬を訪れ、花房川《はなぶさがわ》に架けられた高橋《たかばし》を渡ると、勝五郎は番所で手続きをした。

緩《ゆる》い坂を上って堤防に立った園は、あまりの美しさに息を呑《の》んだ。花房川を山際《やまぎわ》に押しやる大堤防に囲まれた広大な盆地、そこに拡《ひろ》がる青田を風が渡って来ると、稲が葉裏を返してまるで限りなく打ち寄せる大海の波のように見えた。

北西に目をやると、天守閣を要《かなめ》として城郭と武家屋敷が配され、その東方には寺の伽藍《がらん》の大屋根が連なっていた。そして町家と下級武士の組屋敷が混在し、盆地のあちこちには島嶼《とうしょ》のように百姓家の集落がある。

ああ、こんなところに住めたらどんなにいいだろうとの思いは、所詮《しょせん》それが叶わぬということもあって、身悶《みもだ》えするほどの憧憬《しょうけい》となった。

それだけに才二郎と結ばれて園瀬の地を踏んだときの感動は、まさに天にも昇る思いであった。一心同体のはずの夫にも、この気持だけは想像できないにちがいない。

そして六年目になって、園は自分たちが確実に地歩を固めつつあることを実感していた。自分の居場所を作りたいとの願いが、思い描いていたよりも早く実現できそうなことに、胸がときめく思いであった。

弥一兵衛もまた、自分が讃岐の家士から藩士に昇格しただけでなく、思っていたよりも早く自分の居所を築けそうなことに驚きを感じていた。もちろん自分を評価してくれてのことだとは思うが、園の存在がいかにおおきいかも重々承知している。

同時に、そんな二人を快《こころよ》く思っていない連中がいることも感じていた。それがわかっているだけに万事控え目にしてはいるが、そのこと自体を皮肉な目で見ている者もいるはずだ。

「二人が認めてもらえるかどうかは、これからに掛かっている」

「はい。すべてはこれからでございます。おまえさま、わたし、そして勝五のためにも」

そう言って園が目をやった先には、五歳を迎えた勝五が安らかに眠っている。園を実の子のように愛《いつく》しみ育ててくれた湯島の勝五郎の俠気に惚れた弥一兵衛は、なんとしてもその名の一部をもらって、自分の息子の名にしたかったのだ。

義父の名をもらって長男を勝五と名付けたと報《しら》せたとき、園は一部ではあるが恩返しができたと感じられたのであった。

三

勝五が口を動かしてなにかを言ったような気がしたので、二人の話し声で目を醒《さ》ましたのかと思ったが、どうやら夢でも見ていたらしい。

ところがそれが園に、ある場面を思い出させた。

勝五が生まれてまだ数ヶ月のころである。小蒲団《こぶとん》に寝かされた嬰児《えいじ》を、弥一兵衛がじっと見詰めていたことがあった。

どうしたのだろうと訝《いぶか》ったが、声は掛けなかった。ところがそれがあまりにも長く、単に見ていると言うより、どことなく深刻な表情をしているように感じられた。しかもいつまでも続きそうな気がしたので、園はたまりかねて声を掛けてしまった。

「いかがなさいました」

問われた弥一兵衛は園を見たが、一瞬、なにを訊かれたのかがわからなかったらしい。

「わしは勝五に対して、どのような父親であるべきか、どんな姿を見せればよいのか、父と子はどんなことを語りあうのだろうかと、ふとそんなことを思ってな」

夫がそんなことを考えていたとは思いもしなかったので、園は奇妙な思いにとらわれずにはいられなかった。

園の怪訝《けげん》な顔を見て、弥一兵衛はまるで弁解でもするように言った。

「わしは父親と話らしい話をしないままに、七歳の齢に死なれてしまった。父はもともと饒舌《じようぜつ》な人ではなかったが、あんなことがあったから、ますます無口になってしまったのだろう。だから話したという記憶がない。父があのときこう言ったとか、この言葉は忘れられないとか、そういう思い出がまるでないのだ」

さらに弥一兵衛は続けた。

仕事の同僚や道場仲間と話していると、健在であろうと亡くしていようと、ときおり会話の中に父親の話が登場する。「それが父の口癖でな」とか「親父に散々言われたものさ」などと、どことなく楽しそうに、懐かしそうに語るのである。弥一兵衛にはそのような想い出が、欠片《かけら》もなかったのだ。

なぜそうなったかについては、園はかつて聞いたことがある。

金龍山浅草寺境内《けいだい》でならず者たちから救ってもらった園は、毎日のように当時才二郎だった弥一兵衛を連れて江戸の町を案内した。そして園瀬に帰らねばならぬ日が近づいたある日、両親について打ち明けられたのである。

才二郎の父は些細《ささい》なことから、三十歳という若さで禄《ろく》を離れなくてはならなくなった。あまりにも真っ正直で曲がったことが嫌いな性格から、上役とぶつかってしまったのだ。

これが弥一兵衛の言った「あんなこと」である。

そこがいかにも父らしいところだが、わかってもらえる日がかならず来ると、日雇い仕事などをしながら耐え、それを針仕事で母が支えていた。

しかし願いは通じず、裏長屋でほとんど憤死に近い状態で亡くなった。気落ちした母は一年ともたずに、八歳の才二郎を残して死んだ。

「憤慨《ふんがい》を胸に抱えたまま、父は牡蠣《かき》のように口を閉ざしてしまい、閉ざしたまま亡くなった。だからわしは父親と語りあったことがない」

「それはわたしもおなじです。実の父親とはひと言も話したことがありません。十六歳で母が亡くなるまで、湯島の義父《ちち》を実の父だと疑いもしていませんでしたから」

「もっとも実の父であっても、息子と娘では話すことがちがうだろう」

「でしたらおまえさま、周囲《まわり》にいらっしゃる方で尊敬できる方、理想と思えるお方をお手本になさったらよろしいのではないでしょうか。御中老さまや道場の先生を、日ごろから素晴らしい方だとおっしゃってるではありませんか」

園が名を挙げたのは、芦原讃岐と岩倉源太夫である。

ある種の頑固《がんこ》さもあって父親が家を廃されたからもあるだろうが、才二郎を引き取ってくれる親戚はいなかった。

見かねて名乗り出たのが、当時目付だった芦原弥一郎である。養子としてではない。すでに跡取りと娘もいた弥一郎は、元服《げんぷく》すれば若党にするとの条件で面倒を見てくれたのだ。

生活は大変だったと思うが、藩校「千秋館《せんしゆうかん》」に通わせてくれた。十五歳で元服した才二郎は、芦原弥一郎の若党となったのである。

才二郎に剣の才があるのを見抜いたのは、弥一郎の親友の岩倉源太夫であった。

藩政の改革に功労のあった弥一郎は中老に昇格し、名を讃岐と改めた。その折、若党の才二郎を家士に引きあげてくれ、開場したばかりの岩倉道場の弟子にしてくれたのである。

「御家再興の夢は捨てるなよ」

そのとき励《はげ》まされたが、のちに再興が実現するには讃岐の多大な尽力《じんりょく》があった。

一方の源太夫もまた藩政改革の功労者であった。四十二歳の二月に道場開きを許されたが、新弟子の第一号が才二郎である。

源太夫は上意討ちで斃《たお》した相手の孤児を養子にして、ほどなく生まれた実子と分け隔《へだ》てなく育てていた。

養子の市蔵《いちぞう》は芦原讃岐に烏帽子親《えぼしおや》になってもらい、元服して龍彦《たつひこ》と名を改めた。西洋の医学、法制、武器や兵法、芸能や文化を学ぶ者の一人として、藩費で長崎に遊学することが決定している。

才二郎にとって芦原讃岐と岩倉源太夫は、まさに手本とすべき人物であった。

「わしもそう考え、よくよくお二人を見させてもらった。だがこちらが知りたいことは、まるでわからない。お二人が隠している訳ではないのだが、外の人間には窺《うかが》うことができぬのだ。だから父とはなんであるかを知らぬまま自分は大人になり、勝五という子供を得た。明確な考えを持たぬまま、父親になってしまったのだ」

弥一兵衛がそんな思いでいたとは思いもしなかったので、園はすぐには言葉が出て来なかった。ややあって夫は言った。

「父と子の遣《や》り取りなど、外から見てわかるものではない。他人がいるときといないときでは、まるでちがうのだろう。どこがと言われてもうまく答えられぬが、たしかにちがうのだ」

園が腹に子を宿したときから、いや、そのずっとまえから弥一兵衛は周囲の夫婦や親子、特に父と息子に強い関心を抱いて観察していたらしい。自分が経験したことのない父と息子の会話や触れあうさまを、半《なか》ば羨望《せんぼう》の思いで注視していたはずだ。

しかし円の外側にいた弥一兵衛には、一番知りたい微妙な部分を、知ることができなかったのだろう。

それが生まれたばかりの勝五を凝視《ぎようし》することに、繋《つな》がったのではないだろうか。曖昧《あいまい》な気持のままの自分は、父としてこの子にいかに接し、どのような会話をすればいいのか、ということを。

この件は、弥一兵衛と園に共通する問題でもあった。

二人とも、自分たちの親夫婦がどんな会話を交わしていたかを、まったく知らない。

七歳で父を八歳で母を亡くした才二郎は、短い期間ではあるが両親とすごしている。だがそれは本来の夫婦や親子関係とは、まるでちがったものであった。

家を廃されて頑《かたく》なに自分の殻に閉じ籠もった父と、それに耐えながら脇目も振らず内職に励む母。それは形だけの夫婦であって、本来の伴侶《つれあい》の在りようとはあまりにも懸《か》け離れたものであった。そのためいわゆる夫婦の会話といえるものは、なかったのではないだろうか。

一方の園の場合、物心の付いたときには、母の政は湯島の旅館「吉祥」のある じ勝五郎の囲われ者となっていた。

勝五郎が妻を亡くしたために本妻に直って後添えとなったが、すでに成長した男女七人の先妻の子がいたのである。そのため政と勝五郎も、一般的な意味での夫婦と懸け離れていたはずだ。

つまり弥一兵衛も園も、本来のというか、通常の親子や夫婦の関係がどういうものであるかをよく知らないままに、三十一歳と二十八歳という年齢になってしまったのである。

園はそのとき不意に、翳《かげ》った心に斜めの方角から、今までとはまるで異種の光が射したような気がした。瞬間、園は閃《ひらめ》いたのである。

「おまえさま」

「どうしたのだ、うれしそうな顔をして」

「うれしいのです」

園は気付いたことを、自分たちの共通点なども含めて弥一兵衛に語った。ところが夫は戸惑ったふうで、それどころか、いつになく苛立《いらだ》ちさえ感じられた。

「だからどうだというのだ」

「お手本なんか要らないのです。余所《よそ》のことなんか、まったく気にすることはないのですよ」

「なぜそこに考えが行き着いたかを話さにゃ、訳がわからんではないか」

たしかにそうかもしれないと思ったので、園は勝五が生まれて間もなく、弥一兵衛がながいあいだ、じっとその顔を見ていたときのことを話した。

あのとき弥一兵衛は、勝五に対してどのような父親であるべきか、とか、子供とはどんなことを語りあうのだろうかと、そんなことを思ったのだと言ったのである。

「それはわしが父親と話らしい話をしたことがないので、勝手がわからなんだからだ。だったら御中老や岩倉道場の師匠を、手本にすればよいと園は言ったな」

「おまえさまは、わたしが申すまでもなく、もっと以前からそれをなさっていましたね。でもおわかりにならなかった。なぜなら父と子は他人のいるところでは、微妙な胸の裡《うち》を見せることがないからでしょう」

「手本にならぬほど、なにもわからなんだゆえ、弱っておるのだ」

それは自分たちがいつの間にか迷路に嵌《は》まりこんでしまったからだということに、園はつい先刻気付いたのだ。

「家《うち》にはいろんな方がお見えになりますが、特に若い女の方のどなたもが、ふしぎでならないとおっしゃいます」

急に話題が変わったので、弥一兵衛は一体なにが言いたいのだという顔をした。

「こんなふうに訊かれましてね。園さんたちは、いつもあのように話してらっしゃるのですかって」

江戸育ちの園に憧れた娘や子育て中の若い母親などがよくやって来るが、いつもは女たちだけのお喋りであった。ところがたまにだが、弥一兵衛が加わることがある。そのときの園と弥一兵衛の会話が、客の女たちには驚くほど新鮮らしいのだ。

「弥一兵衛さんはおやさしくて園さんは幸せですね、と何度言われたでしょうか」

「そうかなあ。おれはけっこう亭主関白のつもりなのだが」

「そうは見えないようですよ」

まるで友達同士が語りあっているようで、夫婦の会話とは思えない。少なくとも自分の周辺には、二人のような夫婦は見たことがないと、だれもが口をそろえて言う。

園は何人もからおなじことを言われたのである。もちろん同時にではない。

「まるで夫婦の会話とは思えない、と言うのか」

「はい。どのお宅も、もっと簡単な遣り取りで、殿方は相鎚《あいづち》を打つくらいだそうですよ。喋ったとしても、ああしなさい、こうしなさいと命令するか、ああ、とか、いや、などと答えるだけらしいのです」

「わしが喋りすぎるのが、男らしくないということだな」

「それはわたしたちが最初のときに約束したからですけれど、そんなことをいちいち皆さんに話す訳にもいかないでしょう」

二人が結ばれたとき、なんでも話しあうようにしよう、どんなことも隠さず打ち明けようと約束したのである。

それはともに、比較的早くに親を喪《うしな》ったため、親子の情を知らずに育ったし、のちにそれを寂しく思うことが多かったからだ。二人には兄弟姉妹がなく、特に親しくしている親戚もない。

であれば一番大切な人を大事にしようではないかということで、そのためにもともかくどんなことでも話しあおうと決めたのである。

「ですからね、これからは周囲のことは気にしないことにしましょうよ。と言っても自分勝手なおこないとか、人さまに迷惑を掛けるようなことがあってはなりませんけど。それさえ気を遣《つか》っていれば、あとはわたしたちの考えに従えばいいのではないでしょうか」

「些細なことに縛られるなということだな」

「はい。見本がないのでしたら、おまえさまが見本になればいいのですよ。こうしたい、勝五にはこのように育ってもらいたいと思えば、堂々とそれを押し通して、その気持を正直に伝えればよいと思いますけど」

弥一兵衛は湯呑茶碗《ゆのみぢゃわん》を手にしたが、話に熱中したあまり半分ほど残したままだった。しかもすっかり冷めている。

「代わりを淹れますね」

「ああ」と答えてから、弥一兵衛は言い直した。「酒にしてくれ、冷やでよいから。園も飲まぬか」

「いただきますわ」

夫のすっきりした顔は、もやもやしていた迷いが解消したからにちがいない。となると、園もいっしょに祝杯をあげたかった。

燗《かん》しなくていいのですぐに用意できる。片口に一合だけ入れて、盃《さかずき》を二つ添えた。

「これだけにしましょうね」

「口を潤《うるお》すだけで十分だ」

注《つ》いだ酒を弥一兵衛はうまそうに飲むと、しばらく目を閉じ、やがて見開いて園に微笑《ほほえ》みかけた。

「灯台下《もと》暗し、とはよく言ったものだ。周りに気を取られすぎて、足元を見ていなかったということか。だから肝腎《かんじん》なことが見えなんだのだな」

「あれやこれやと、あらゆることに考えを馳《は》せておられたので、行き着くところに納まったのだと思いますけど」

「要は、なにごとにも縛られることなく、思いのままにやるのが一番よいということだな。世の規矩《きく》を外しさえしなければ」

「口に含んだだけなのに、心地よくなりました。酔いが廻ったのかしら」

「ああ、それがねらいだ」

弥一兵衛が悪戯《いたずら》っぽい目で見た。

「どういうことですの」

「勝五が寂しがっては可哀想《かわいそう》なので、弟か妹がいたほうがいいのではないかと、ふと思ってな」

「まあ」

つぶやいた瞬間に頬が熱くなるのがわかった。園が横目で睨《にら》むと、弥一兵衛が照れ臭そうに首筋を掌《てのひら》で撫《な》でていた。

四

丸い二本の門柱が見えると園は勝五の肩を摑《つか》んだが、そうしないと息子が駆け出すのがわかっていたからである。間一髪《かんいっぱつ》で間にあって、勝五は何度か足踏みしてから諦《あきら》めたようだ。

菓子折の風呂敷《ふろしき》包みを抱えて供をする下女のキエが、勝五の口惜しそうな顔を見て思わず噴き出しそうになった。

岩倉源太夫の屋敷は、門を入ると目のまえが庭で、右手に道場、左手に母屋《おもや》がある。

門を入るなり勝五は道場に向けて駆け出そうとするが、なぜなら稽古《けいこ》を見たくてたまらないからだ。それがわかっているので、園は勝五の動きに先手を打ったのである。

勝五が稽古を見たい理由はわかっている。弟子のだれかに、父の弥一兵衛が岩倉道場第一号の弟子で屈指の剣士、今は役目が多忙であまり出られないが、師範代を務めていたと聞いたからだろう。師範代が道場主の次席だということは、幼いながらもわかっているようであった。

ともかく勝五は、一日も早く岩倉道場に弟子入りしたくてたまらないのである。鋭い気合声や竹刀《しない》を打ちあう音を耳にしただけで、興奮して体を揺するのであった。

「体ができてからでないと却《かえ》ってよくない。十歳まで辛抱《しんぼう》しろ」

弥一兵衛がそう言うと、「とても待てません」と口を尖《とが》らせる。

「いくら早くても八歳だな」

そう言い聞かせているが、もう少し早くなるかもしれないと、弥一兵衛も期待しているようだ。本人は六尺（約一八〇センチメートル）近いが、園も女としては背丈がある。二人の血を引いた勝五はしっかりした体付きをしているので、年齢より二、三歳上に見られることが多かった。

ひときわ高い気合声に、勝五の体が震えるのがわかる。気持も耳も道場に向いているのだ。園が宥《なだ》めるように言った。

「道場で稽古を見せていただいてもかまいませんが、母屋での挨拶がすんでからになさい」

挨拶が終わるなり駆け出すのはわかっていたが、園は釘《くぎ》を刺しておいた。

前夜、遅くまで弥一兵衛と話したこともあって、園は久し振りにみつに会いたくなった。みつとは十三歳の差があるが、園瀬に来てたちまち親しくなったのである。

園にとってみつは、母としては若すぎるし姉としてはやや離れているという、微妙な年齢関係にある。

弥一兵衛の妻として園瀬に来たとき、園にとって唯一《ゆいいつ》の知りあいが源太夫とみつであった。父の墓参のため園瀬に来たおり親しく接してくれたのだが、園に取ってはまさに理想の夫婦として映ったのである。

二年後に弥一兵衛の妻として園瀬に来て間もなく、園はみつに率直《そっちょく》に聞いたことがあった。落ち着いてすごしやすい居場所を作り、夫婦仲良くすごす秘訣《ひけつ》を教えてほしいと。なぜなら自分の周囲には良い手本がなかったし、もしできるなら失敗をしたくないからだと打ち明けた。

失敗はだれだってするので、恐れることはない。大事なのは繰り返さないことだ。そう前置きしてから、みつは夫婦和合の秘訣は、妻がいかに夫に対するかにあると話してくれた。

「人前では、これは目上の人だけにかぎりません、老若男女《ろうにゃくなんにょ》のすべて、だれにでも、たとえ子供でもです。ともかくだれが居ても、どんなことがあっても、旦那さまを立てなさい。旦那さまのお顔を立てます。恥を掻かせるなど、もってのほかです」

「自分の子供であろうと、ですね」

「あろうと、ではなく、であればなおさらです」
「人前ではどんなことがあろうと、旦那さまの顔を立てる……」
「そのかわり、二人だけのときはお尻に敷いちゃいます。ただし、旦那さまには
それを気付かせないように」
「それが一番難しそうです」
「園さんならできますよ」
「わたし、とんでもない秘密を明かされたのですね」
「母に教えられた門外不出の秘伝だけど、園さんだからお話ししたのです。この
話は二人だけの内緒ですよ」
　園はそのときの遣り取りを鮮やかに憶えていたので、前夜、夫と話したとき、
みつの顔が見たくなった。
　軍鶏《しやも》を入れた唐丸籠《とうまるかご》が並んだ庭と母屋は垣根で仕切られ、北側の板塀との境と
南側の濠《ほり》の手前には、柴折戸《しおりど》が設けられている。濠に近い柴折戸を押して玄関で
訪《おとな》いを告げると、ほどなく襖《ふすま》が開けられた。
　玄関の隣は六畳間だが、その北側におなじ広さの板間がある。墨の香がした。
みつが娘の花《はな》に手習いをさせていたらしく、お手本、硯《すずり》、半紙などが置かれてい

た。

「ちょうどよかった。終わったところなの」と園に言ってから、みつは花に命じた。「片付けなさい。自分でできるでしょ」

「はい。母上」

後片付けをする花を残して、みつは客を八畳の表座敷に誘《いざな》った。つい一年ほどまえまでは、花が勝五の相手になって遊んでくれたのである。「お花さん、お花姉さん」と慕《した》っていたのに、いつの間にか道場で励む若い剣士たちに心を奪われてしまったらしい。

挨拶が終わり、園が菓子折をそっとみつのまえに滑らせた。それを待ちかねたように、勝五が立ちあがると園に言った。

「挨拶、終わりましたね」

続いてみつにぴょこりと頭をさげ、勝五は座敷から走り出した。あわててキエがあとを追う。

「キエや、面倒を掛けてすまないが、頼みましたよ」

「はい、奥さま」

女は道場に入れないので、キエは出入口の近くにいる弟子のだれかに「申し訳ありませんが、勝五若さまをよろしくお願いいたします」と頼むのであった。

「お邪魔だったり、言うことを聞かなかったりしましたら、追い出していただいてもかまいませんので」と付け足すが、「正座して、真剣な顔をして見ておるから、心配するには及ばん」と、判で捺したような返辞が返ってくるそうだ。

稽古を見ることができないのはともかく、勝五が出て来るまで待つのは、若い女にとっては辛いことだろう。弟子たちにからかわれることもあるにちがいない。唐丸籠の軍鶏や、その世話をする亀吉《かめきち》を見ながらすごすしかないのである。

勝五が自分から道場を出ることはない。いつも園が帰るときまで、辛い正座に耐えて稽古を見ていた。

この子の我慢強さと頑固さは、弥一兵衛やその父親の血を濃く引いているにちがいないと、園は思わずにいられなかった。

「ところでみつさまには」

表座敷でお茶をいただきながら、園が話し掛けた。

「わたしが園瀬に来ましてほどなく、夫婦がうまくやってゆくにはどうしたらいいかと、秘訣をお訊ねしたことがありました。噛《か》んで含めるように教えていただきましたが、憶えてらっしゃるでしょうか」

「そんな秘訣があればわたしが教えていただきたいほどですが」と惚《とぼ》けてから、みつは続けた。「なにを話したのかしら一体」

「人前ではどんなことがあっても旦那さまの顔を立てて、二人だけのときはお尻に敷きます。ただしそれを旦那さまに気付かれないように、と教えていただきました」

「そんなことを言ったのですか、わたしが、本当に」

「はい」

園がおおきく首を縦に振ると、みつは含み笑いをした。

「今日《こんにち》までそれを憶えてらっしゃるということは、園さんはしっかりと自分のものになさった、自家薬籠中《じかやくろうちゅう》のものに、ということにほかなりませんね」

「あら、とんだ藪蛇《やぶへび》」

「でも、うれしいわ。憶えていてくれたなんて」

やはりみつは忘れてなどいなかったのだ。

「ところでみつさまは、わたしの渾名をご存じでしょうか」

園はさり気なく、ごくさり気なく訊いてみたが、声に微妙な変化が出たのかもしれなかった。

問われたみつは、すぐには答えず庭先に目をやった。庭の向こうは濠になっているが、座敷から水面《みなも》は見えない。対岸の柳《やなぎ》の並木が微かな風に揺れていて、その先は弓組の組屋敷となっている。家並《やな》みの向こうには水田が拡がっていた。

ややあって、みつは園に顔を向けた。

「園瀬においでて、たしか六年でしたね」

「はい、まる六年。七年目に入りました」

園がそう答えると、みつは楽しくてならぬというふうに笑みを浮かべた。

「七年目にご自分の渾名を知って、おそらく弥一兵衛どのに教えられたのでしょうけど、いかがでした」

「えッ、どういうことでしょう」

言いながらも、園はみつの鋭さに舌を捲《ま》いた。どういうことでしょう、ではなくて、どうしておわかりになったのですか、というのが本心だった。

「渾名は、本人が認めていれば、あるいは知っているならそうでもないでしょうけど、普通は面と向かっては言わないものです」

「たしかに」

「ですから園さんは、ご自分に付けられた渾名をご存じではなかった。旦那さまがたまたま小耳に挟んだのでしょうね。自分の伴侶が思いもしない渾名で呼ばれていると知って、とても驚かれたと思います。殿方はそのような秘密を胸に仕舞《しま》っておくことができませんから、さり気なく切り出したはずです。園さんはとても驚かれた。それから二人で驚かれた。なぜなら園瀬中の人が知っているのに、自分たちだけが知らなかったからです」

「なぜそのように」

「自分の渾名のことなんて、切り出すのがとても難しいでしょう。それに、だれにでもという訳にはまいりません。園さんの場合は幸いにも話せる相手がいましたが、それがわたしということになります」

「お手上げです。まさしくそのとおりでしたもの」

「だからおいでたのだとわかりましたが、難しいのはこれからですよ」

そう言ってみつは言葉を切った。

園瀬に来たばかりのころ、園は「おいでた」の意味がわからなかった。だれかに訊けばよいのに、それができなかったのだ。「いらっしゃった」とか「お見えになった」という意味の、園瀬の俚言《さとことば》だとわかるまでに、少し日数が掛かってしまった。

さて、聞いてくれる人がいても、そこからが難しいとみつは言っている。

「自分の渾名についてとなると、なかなか聞くきっかけが摑めないと思います。ですから旦那さまの顔を立てながら尻に敷く話から、つまり搦手《からめて》から攻めたのではないかと」

「わたしの完敗ですね。もっともみつさまが相手では、初手《しょて》から勝負になりませんが」

「ご自分の渾名を知って驚かれたでしょう」

「それはもう」

「でも、うれしかったのではありませんか」

「なぜそのように」

「わたしもうれしかったのです」

「みつさまが、ですか」

「住めば都のお園さん。口を滑らせたその人は、いけないって顔をして、あわてて口を押さえました。わたしが園さんと親しいのを知っているので、告げ口されるのではと思ったのかもしれません」

「そのとき、みつさまは」

「思わず叫んじゃいました」

「えッ、なんてでしょう」

「とても素敵な渾名だわ。園さんにぴったりですねって」

みつが園の渾名を知ったのは、弥一兵衛の新妻として園瀬に「おいでて」から半年くらいのことだという。そんなに早くから渾名が付けられて、しかも園瀬中に、少なくとも女たちには知られていたのである。

「園さんが弥一兵衛どのの花嫁として、園瀬に乗りこんだのは」

「乗りこんだ、ですか」

「そう、それだけの大事件だったということですよ」

「わたしはそんなことは思いもせず」

そこで二人は顔を見あわせて大笑いした。それが呼び水となって、話はおおいに弾《はず》んだのである。

「女三人寄れば姦《かしま》しいと言うが、二人でも十分姦しいな」

声に驚いたが、柴折戸を押して源太夫が庭に入って来たところであった。そのうしろにくっつくようにして勝五が、さらに源太夫の息子の幸司《こうじ》が従っている。遅れてキエが続き、ずっと後ろに控えた。

「はしたないところをお見せして、申し訳ありません」

礼儀として、客の園が詫《わ》びを入れた。

「それにしても、子はかくも親に似るものかと、いささか驚かされたところでな」

「まったくそのとおりだと思います」と、園は言った。「幸司どのは、ご気性をはじめなにからなにまで、先生にそっくりですもの」

「いや、わしが申したのは勝五のほうだ」

「勝五が、でございますか」

「我慢強いのはよいとして、実に頑固であるな。これは才二郎、いや今は弥一兵衛だったか。やつが弟子入りしたころにそっくりだ。入門したのはたしか十八歳であったが、勝五は何歳になる」

「五歳でございます」

「五歳か。五歳でこれだと、この先どうなることか。ではなかった、行く末頼もしいわい」

「先が思いやられると、おっしゃりたかったのではないですか」

園が喋り終えないのに、勝五が源太夫の着物の袖を摑んで引いた。

「早く入門させてください」

源太夫は満面に笑みを浮かべた。

「親父どのはなんと申しておる」

「十歳まで待てと言われました。早くて八歳だと。わたしはとても待てません」

「親の言うことは聞くものだ。子供のことが一番わかっているのは親だからな」

「わたしは五歳です」

「ああ。さっき聞いた」

「十歳はその倍です。八歳でも三年もあります。そんなに長く待てません」

「勝五、いい加減になさい」

堪《たま》りかねて園が叱《しか》ったが、源太夫はおもしろくてならぬという顔をしている。

「五年待ったところで十歳ではないか。爺さんになる訳ではあるまい」

「見てるだけなんて、我慢できません」

「こうだからな」と、源太夫は園に笑い掛けた。「やつにそっくりであろう」

「ほかのことにはすなおなのですが」

「才二郎にしても、なにからなにまで頑固という訳ではなかった」と、そこで源太夫はみつに言った。「子は親に似るそうだ。となるとわしらもちゃんとせねばな」

「園さんは昨日初めて、ご自分の渾名を知ったそうです」

「それでうれしくなって報せに来たのか。どうだ、気に入ったであろう」

「先生もご存じでしたの」

「住めば都のお園さん。園瀬の里で知らぬ者はおるまい。もしかすると御前も」

藩主九頭目《くずめ》隆頼《たかより》すら知っているかもしれない、と言っているのである。

「ご冗談でしょう。まさかそのような」

「ご存じであってもふしぎはない。それくらい知られておるということだ」

ハハハハハと高笑いしながら、源太夫は柴折戸を押して道場にもどった。勝五と幸司が従い、少し遅れてキエが続いた。

「園さんの顔が見たくて、道場を抜けて来たのですよ」

みつが悪戯っぽく笑った。

五

道場で鍛《きた》えることができなくても、せめて体力と勝負勘は維持しなければならない。弥一兵衛は毎朝、素振りと真剣での型は欠かさなかった。

だがその日は非番なので、久し振りに道場で汗を流すことにしようと思ったのである。朝は普段より遅めに起き、食後はゆっくりと茶を飲んだ。

面、籠手《こて》、胴などの防具や稽古着を用意していると、早瀬三五郎が襖ぎわに膝を突いた。

「ムツヤさまとおっしゃる方がお見えです」

「……表座敷にお通ししろ」

答えるまでに間が空いてしまったのは、六谷《むつや》のことなど完全に心から締め出していたからである。

早瀬は一礼してさがった。

そのまま道場に行けるようにまとめて包み、担《かつ》ぐための竹刀を通した。それを摑んで座敷に向かいながら、カマキリ野郎が、なんの用だろうと思った。

六年まえ、中老芦原讃岐の使いとして江戸に出た折、なにかとあった男である。

六谷哲之助《てつのすけ》は弥一兵衛より一歳下なので三十歳、岩倉道場の相弟子だ。弥一兵衛が陪臣で自分が藩士ということもあり、常に見下したようなところがあった。

あまりにも弱いので、手合わせをしたのは六谷が入門して間もないころだけである。

江戸に出た折にはほかに知りあいがいないこともあって、しかたなく六谷に教えてもらった。

園瀬藩の中屋敷は三味線堀《しゃみせんぼり》に近い下谷《したや》にあるが、見物するならどこがいいかと訊くと、まずは近場の浅草寺がよかろうと言われたので出掛けた。

その浅草の奥山でならず者に絡《から》まれている園を助けたのが縁で、弥一兵衛は毎日のように江戸の町を案内してもらった。

ある日六谷の誘いを断ったことがあるが、相手は気を悪くし、根に持ったようだ。なにかあると思ったらしく、知りあいの岡っ引の手下に探らせて園の存在がわかったらしい。しかも園に傍惚《おかぼ》れした室町《むろまち》の問屋《とんや》のあるじが後妻にしたくて、手を替え品を替えして迫っていることも、である。

柳橋《やなぎばし》の料理屋に弥一兵衛を無理やり誘った六谷は、酔いを覚ましながら柳原《やなぎわら》土手《どて》を帰ろうと提言した。実は問屋のあるじと手を組んだ策略で、三人の浪人に待ち伏せさせたのである。

そこに至って弥一兵衛は、六谷の企《たくら》みの全貌《ぜんぼう》を見て取った。

源太夫の秘剣「蹴殺し」をもとに独自に工夫した剣技で、弥一兵衛は浪人を一撃で斬り伏せた。それを見て震える六谷に、「今回のことでは、腹ん中が煮えくり返っておるのだ。これ以上、わたしを怒らせるな」と凄《すご》んだ。いや、蹴倒したくなるのを、なんとか堪えて言ったのである。

さらに江戸を去るに際し、念を押すことを忘れなかった。「人を亡き者にしようとの企みなんぞに加担すれば、次は絶対に許さないからな」と、目を凝視したまま止《とど》めを刺しておいたのだ。

そしてまるで付け足すように、園を娶《めと》ったことを告げた。

柳原土手での待ち伏せ事件を境に、二人の力関係が完全に逆転したことを、哲之助は胆《きも》に命じたはずであった。

二年まえになる。

江戸での勤めを終えて国許にもどったとのことで、土産《みやげ》の包みを手に六谷哲之助が屋敷に挨拶に来た。

そのときは江戸における六谷の策謀などなかったかのごとく、弥一兵衛はごく丁重《ていちょう》に応対したのであった。それが却って六谷の心に、無気味な思いを抱かせることがわかっていたからである。

園を娶ったことはすでに伝えてあるが、園瀬にもどった六谷は、弥一兵衛が跡取り息子の勝五を得たことも知ったはずだ。そのまえに東野家が再興になったことで、陪臣でなく藩士に、つまり自分と対等になったことも、である。道場の相弟子であり、江戸での策謀に関して弱みを握られている。園瀬にもどったからには、いつ仕事で関わることになるかもしれない。ともかくここは下手《したて》に出ておくにかぎる。との六谷の下心が透けて見えたので、あのとき江戸で脅《おど》しつけたことなど、噯気《おくび》にも出さなかったのだ。

それっきり没交渉であった。

六谷とは完全に縁が切れたと思い、すでに忘れ去っていたのである。

表座敷の六谷哲之助は、緊張した面持《おもも》ちで正座していた。

「おいおい、気でもちごうたか。まだ五ツ（八時）だぜ。寝坊助《ねぼすけ》の六谷がこの時刻に来たことからすりゃ」

防具と稽古着の包みに竹刀を通したものを音たてて置きながら、弥一兵衛は乱暴に言い放った。言葉が乱暴なら声もおおきい。二年まえとのあまりの落差に、ビクリとなった六谷を横目で見ながら続けた。

「どうやら今日は非番ってことらしいな。丁度《ちょうど》いい。いっしょに道場に行かぬか。久し振りに汗を流そうじゃねえか。たっぷりと揉んでやるぜ」

「冗談はよしてくれないか」

「なにが冗談なものか。武士である以上、六谷も日々鍛錬《たんれん》を怠《おこた》ってはおらんはずだ。当然だな。常日頃から鍛えておかにゃ、いざ鎌倉《かまくら》という秋《とき》になんの役にも立ちやせん」

「汗を流すもなにも、用意をしておらん」

「そんなことはなんの問題もなかろう。道場には竹刀や防具は当然として、予備の稽古着だって用意してある。なんたって藩士およびその子弟を教導するため、御前が岩倉どのを見こんで託した道場であるからな」

「ちと話したきことがあったので、貴公が非番の日の朝ならと思いやって来たのだ。道場に出るのなら、日を改めることにしよう」

「せっかく来たのだ、そう言うな。道場の稽古は午前《あさ》だけだ。午後になれば話す時間はいくらでも取れる。汗を流してすっきりしたところで、江戸での懐かしい話をたっぷりとしようではないか」

六谷の額《ひたい》に薄っすらと汗が浮いている。弥一兵衛にとって江戸での懐かしい話とは、六谷が問屋のあるじと示しあわせて、柳原土手で三人の浪人者に待ち伏せさせたことを意味しているからだ。

弥一兵衛にすれば策略で人を亡き者にしようと企むような男に、馴れ馴れしく擦り寄ってもらいたくないのである。これだけ虚仮《こけ》にしておけば、二度と近付かないだろうとのねらいがあった。

「お茶をお持ち致しました」

園の声がしたと思うと、襖が静かに開けられた。客に茶を出すのは家士の務めで、親類縁者でもなければ女がそんなことをすることはない。

園なら意を汲《く》み取るであろうと、わざとおおきな声で話したのである。ねらいは通じたようだ。

「江戸でお世話になった六谷どのだ」

「六谷哲之助でござる。お見知り置きを」

「お初にお目に掛かります。東野の家内でございます。いつも主人がお世話になり、心よりお礼申しあげます」とそこで顔をあげ、園は驚きの声を発した。「あ、これはたいへん失礼いたしました。六谷さまには以前、一度でしたが、お目に掛かっております\u306dね」

「えッ、そんなはずはないが」

「ちがっておりましたらお詫びいたしますが、たしか上野《うえの》の山内《さんない》であったと。いえ、うろ覚えだったやもしれません。お忘れくださいませ。ではごゆるりと」

弥一兵衛と園が上野の三橋《みはし》で落ちあい、時間があまり取れないこともあって、山内を散策したことがあった。その二人を六谷が木の間《こま》隠れに尾行したことがある。

その卑劣《ひれつ》なおこないを、すっとぼけて揶揄《やゆ》したのであった。

園は頭をさげると静かに辞した。

弥一兵衛はなおも熱心に道場で汗を流すように誘ったが、六谷哲之助は這《ほ》う這《ほ》うの体《てい》で逃げ帰った。

「よろしかったのですか、あれで」と、湯呑茶碗を片付けながら園が言った。「柳原土手で襲わせた人だと、すぐわかりました。おまえさまの声の調子で、脅し付けるつもりだと思ったものですから。つい調子に乗ってしまいましたが、出すぎた真似《まね》をしてしまったのではないでしょうか」

「上出来だ。たしか上野の山内で、と言い出したときは噴き出しそうになって、笑いを堪えるのに苦労した。まさか跟《つ》けていたのを勘付《こ》かれていたとは思いもせなんだろうから、やつもゾッとなったはずだ。これに懲りて二度と面《つら》を見せることもあるまい。あの陰気な顔を見なくてすむ」

「でも執念《しゅうねん》深い人なんでしょう。少しのことを根に持って、逆恨《さかうら》みするような」

「なに、あれだけ痛め付けりゃ、グーの音《ね》もでないだろうよ」

ハハハハハと豪快な高笑いを残して、弥一兵衛は岩倉道場に向かった。

長いあいだ師匠のもとで励み、できれば師匠のようになりたいとの気持が強かったのだろう。園は弥一兵衛の喋り方や動作が源太夫に似ていると思うことがときにあるが、今の高笑いなどはまさに師匠そのものであった。

道場に向かう弥一兵衛の足取りは軽い。

煮え湯を飲ませたので、六谷が二度と来ることはあるまいと思っていたからである。と同時に露骨すぎた遣《や》り方に、いささか自己嫌悪《けんお》に陥《おちい》ってもいた。六谷の顔を見たくないと思ったとしても、あまりにも子供すぎた遣り方だったことが、どことなく後ろめたくてならないのだ。

六谷が自分のおこないを恥じているかもしれないのに、それをさらに曝《さら》して見せたのである。どうにも大人げないと言うしかなく、反省しきりであった。

久し振りに弥一兵衛が顔を出したので若い弟子たちが大喜びし、道場は活気に溢れた。存分に打ちこませてあしらいながら、欠点や直す点を指摘してゆくのだが、ともかくひたすら指導を続けた。

何人もが並んで待っているので、休む暇もない。息切れこそしなかったが、たっぷりと汗を流すことができたのである。

体を動かし汗を流しているうちに、六谷への対処に関して抱いていた反省の気持などは、跡形もなく消えていた。むしろ言いたいことを言って撃退したという爽快感で、唄でも唄いたい気分だったのである。

心地よい疲労感と激しい空腹を抱えて屋敷にもどったが、東野家では以後は六谷のことは話題にも上らなかった。わずか二刻（四時間）ほどで、完全に過去のものとなったはずであったのだが……。

六

翌日、弥一兵衛は気分よく登城すると、定刻を少しすぎて下城した。

園瀬藩では藩士を含む領民全体に関する連絡や通知、告知などは常夜燈《じょうやとう》の辻の高札場《こうさつば》など数ヶ所に貼り出される。

藩士のみの分は、二の丸から三の丸に出る門脇の高札場に掲示されるのであった。三の丸から西の丸方向へ、また東や南の郭《くるわ》から大手門や巽《たつみ》門へ向かう者、そのだれもが必ずそこを通るからだ。

弥一兵衛が歩みを緩《ゆる》めて高札に目を向けたとき、たまたま振り向いた男がいた。

縦長の顔は顎《あご》が尖っているため逆三角形をしているが、特徴はなによりも目にあった。おおきくて、左右の間隔が開いているのである。それだけではない。目だけでなく上半身も、人らしい滑《なめ》らかさではなくキョトキョトと小刻みな動きをする。

カマキリ野郎の六谷哲之助であった。

「これは奇遇であるな」

六谷はそう言ったが、どうやら偶然を装って待ち受けていたらしい。前日のことなど、どこ吹く風という口調である。

あれだけ懲らしめたのに、まるで堪《こた》えていないのだろうか。それとも叩きのめされはしても会う必要が、話さなければならぬことがあるというのだろうか。

ここで会えたのは実に間がいい。いかがかな、もしよければ「たちばな」で一《いっ》献《こん》といこうではないか。なに、長く引き留めるようなことにはなりゃせん、と六谷はしゃあしゃあと言う。

断ったところでこういう男のことだ。なにかと理由を付けて屋敷に来るとか、でなければ誘い出そうとするにちがいない。それも鬱陶《うっとう》しいので早く片付けたかった。あまり長くはならないとの言葉を信じた訳ではないが、弥一兵衛は応じることにした。

そう遅くはならないだろうと言って、供侍の早瀬三五郎を先に帰らせた。

富田町《とみたまち》にある小料理屋の「たちばな」は、少禄の藩士やお店《たな》者が利用する見世で、鰻《うなぎ》の寝床のように狭くて奥が深く、土間と小座敷にわかれている。

知りあいに顔を見られたくないらしく、六谷は座敷にしようと言った。座敷と言っても三畳間で、通路側が障子《しょうじ》、奥が壁、前後は隣と襖で仕切られただけであった。しかし声を高めさえしなければ、話を聞かれる心配はなさそうである。

座敷にあがって座を占めると、直《ただ》ちに突き出しと酒が出た。言わなければ燗をせずに冷やで出す、どうやらそういう見世らしい。

早速、小振りな徳利《とっくり》を取って六谷が二人の盃に注いだ。

「それにしても東野は幸運であるなあ。なにがって、中老の用で江戸に出向き、国に帰るなりお家の再興が許されたというではないか。羨むべき強運の持ち主で、できることならあやかりたいものだ」

周りに訊かれたくないからだろうが、六谷は声を落としただけでなく、顔を近付けて話した。前日は感じなかったが、狭い座敷である。もわっとした臭いが、鼻にまとわりついた。

それだけでも閉口なのに、ねちねちした喋りが、今度は耳に絡み付く。

「いや、幸運だなどと言ってはいかんな。文武に優れ若き藩士の模範となった、というのが理由であったか。能力と努力に対する老職の評価、ということだから価値がある。幸運などというと、まるで棚からぼた餅《もち》のように取られかねん。とんでもない。そんなもんじゃない。まるで値打ちがちがう」

飲んでも楽しい酒にならないのはわかり切っていたが、こんな取り留めもない話を素面《しらふ》で聞くのはかなわない。自分の屋敷でなら、場合によっては呶鳴《どな》り付けることもできるが、ほかに飲んでいる客もいるとなると我慢するしかなかった。

わずかずつでも口に含んでいると、やがて盃は空《から》になる。弥一兵衛が飲み終えて下に置くなり、カマキリ野郎が注いだ。

「喰い物はなにがよいかな。好みはあるのだろう」

言葉と喋り方からすると、自分が優位に立っているつもりらしい。でなければそうありたいということか。返辞をする気にもなれないが、気持だけは言っておく。

「特に喰いたい物もないが」

「美人妻の手料理でなきゃ、舌が受け付けぬか。なら適当に頼むが、かまわぬな」

返辞を待たずに、六谷は「おーい、別嬪《べっぴん》さんよ」と女を呼んで、煮物、酢の物、刺身などを頼んだ。

「棚ぼたじゃない証拠には、剣だけにしか心を奪われぬはずの園瀬きっての堅物《かたぶつ》が、飛びっきりの江戸女、それも旗本の姫君を嫁にして、故郷に錦《にしき》を飾りおった」

ということは、屋敷にやって来たときのことを、まるで忘れてしまったという訳でもないようだ。

「ん……少しちがうか。江戸で苦労の末、血の汗と涙を流しながら立身出世して、故郷に錦を飾ったのではないからな。たった半月ほどいて、まんまと言い包《くる》めてしまったのだ。となると、いかに言葉巧《たく》みに女をその気にさせる術《すべ》を知っておるかということになる。園瀬一の岩倉道場で、剣の道だけでなく色の道も教わったか。堅物で通っておる道場主だが、若い後添えをもろうておるからな」

「六谷、いい加減にせぬか。おれのことをあれこれ言われるのは我慢もするが、師匠を愚弄《ぐろう》すれば」と言って弥一兵衛は、体の右に置いていた大刀を摑むと左側に移した。「黙っておる訳にはゆかん」

「おっと、野暮《やぼ》はよさんか。江戸なら憫笑《びんしょう》ものだぜ」

「あいにくここは園瀬なのでな」

「そういきり立つなって。話が続けられんだろう」

そうさせるのはおまえではないか、との言葉が咽喉《のど》から飛び出しそうになるのを、辛《かろ》うじて抑える。

弥一兵衛の反応がねらいどおりだったらしく、六谷は平然と続けた。

「世の中よくできたもので、なんというか、天秤《てんびん》ばかりのようなものかもしれんな」

「どういうことだ」

「だから天秤ばかりだと言ってるじゃねえか。物売りが量《はか》り売りしておるのを、見たことがあろう」と言って、六谷は両手で一本の棒と左右にさげられた皿と分銅《ふんどう》を両手で示して見せた。「片方が浮くと反対が沈み、こっちが沈むとあっちが浮きあがる」

「なにが言いたい。廻りくどい言い方をするな」

六谷の言いたいことはわかったが、苛立たしげに毒づいた。

「ムキになるなって。そういう言い方をされると話せんではないか」

「おまえのほうから切り出したのだぞ、天秤ばかりのようなものだとかなんとか」

声も掛けずに土間との境の障子が開けられ、六谷が別嬪さんと呼んで品を註文した小女が、仏頂面《ぶっちょうづら》のままひと言も言わずに皿を並べた。

「そういきり立たんで、まずは喰おうぜ」

六谷は剝《は》げかかった塗箸《ぬりばし》を取ると、刺身に手を伸ばした。

「お江戸見物を存分に楽しんで、ではなかった、中老から江戸留守居役への重要書類を届け、返書を受け取り、国許へぶじおもどりになったのだが」

喰い、そして飲みながら六谷哲之助は喋り続けた。

「なんとすらりとした、飛び切りの美人である旗本の姫を嫁にしておった。それが決まった筋書きであるかのように、廃されておった東野家が再興になり、お屋敷を与えられたゆえ、新妻を引き入れた訳だ。するとほどなくご懐妊。十月十日《とつきとおか》の日が満ちて、玉のような跡取り息子のご誕生ときた」

「そういうことをだらだらと続けるなら、おれは帰らしてもらうぜ」

弥一兵衛が大刀を摑んで立とうとすると、六谷はあわてて両手を突き出して制した。右手には箸を握ったままだ。

「短気な男だなあ。ようやく前置きが終わって、いよいよ本題ってときに話の腰を折らんでくれよ」

酒が入ったせいか、六谷の息に熟柿《じゅくし》のような臭いが混じっていた。

しかたなく坐《すわ》り直す。

弥一兵衛はなにも喰っていないが、喰う気だけでなく飲む気もすっかり失《う》せてしまった。

「おれは二十一歳で江戸詰めを命じられ、七年目の二十八歳で園瀬にもどった」

六谷はそれまでとは別人のような、沈んだ声で話し始めた。

「もどって示されたおれの席は、二十一歳で江戸に出たときとまったくおなじだったのだ。江戸に七年も詰めたのだぜ。当然、頭《かしら》、頭がむりでも小頭の席が用意されてると思うわな。ところがおなじだった。ケツの青い十代や、二十歳になるかならぬかの、見習いか、それに毛の生えたような連中と、机を並べにゃならんのだぜ」

おまえが無能だからだろうと言いたいが、辛うじて呑みこむ。しかし言わずとも、当の六谷にはそれまでの遣り取りから、弥一兵衛の考えは十分にわかっていたはずだ。

「おれも江戸から嫁を連れ帰った」

そこで間を置いたのは、弥一兵衛がなんらかの言葉を挟むと思ったからかもしれない。

弥一兵衛が無視すると、六谷は弁解するように続けた。

「言うまでもないが、直参《じきさん》旗本の姫君がおれなんぞを相手にする訳はない。どこかの藩の侍に、ぜひともおれの妹をもらってくれんかと頼まれた訳でもない。江戸の生まれではあるが、藩士の娘ではないのだ。その家来、つまり陪臣《またもの》の娘でおれとおない年。いっしょになったのは二十五歳のときでな。わかるだろう、女の二十五がなにを意味するか。そう、売れ残りよ。残り物に福がありってか。ある訳がなかろう。ちんちくりんな醜女《しこめ》だからな」

そんなことが言いたくて声を掛けたのかと、笑う気にもなれない。

「ところが江戸の女よ。水道の水で産湯《うぶゆ》を使ったのが自慢でな。もっともほかに自慢するものなどありゃしない。江戸生まれの江戸育ち。だからって訳でもあるまいが、園瀬をクソミソに罵《のの》り、なにかあるとお江戸恋しいとさめざめと泣きやがる」

さすがに限度で、弥一兵衛は大刀を摑んで立ちあがった。気付かぬはずはないのに、六谷は続けた。

「そんな女でも、おれにとっちゃ大事な女房だ。その女房が病《やまい》の床《とこ》に伏してしもうた」

席を蹴って帰る訳にはいかず、弥一兵衛は仕方なく坐り直した。

「知らなんだが、それは気の毒なことだ」

「医者によると、ある薬を頓服《とんぷく》すると治るかもしれんとのことだ。となりゃ、夫としてなんとかしてやりたい。そうだろ」

「当然だ」

相鎚を打つしかないではないか。

「ところが、恥を忍んで借財に出向いたのだが、切り出すこともできぬうちに追い払われてしもうた」

「事情を知らぬとはいえ、申し訳ないことをした。であれば、正直に言ってくれればよかったのだ。とは言うものの、打ち明けられたところで、金のこととなるとどうしてやることもできんがな」

うんうんとでも言いたげに、六谷は意外なほど素直にうなずいた。

「親兄弟とか親類、でなきゃ上役などに相談できる人はおらぬのか」

「どこも病人を抱えておらんというだけで、火の車であることに変わりはない。親戚でさえ頼れんのだ、小頭にする気のない上役が、力になってくれる訳がなかろう。おれが打診するまえに、先手を打って断りおった。身内が病気すると、他人がこっちをどう見ておるかがようわかる」

「弁解じみるが、親父の代で家を廃され、七歳で父を、翌年に母を喪った。ある藩士に拾われ若党となったが、寝食の心配をせずにすむだけだ。その後、家来にしてくれたが、手当てがいかほどかはわかるだろう。あのころは妻を娶ることはできなんだ」

「だが藩士となり、一家を構えることができたではないか」

「ああ。二十五歳だった。それまでなにも持っておらんのだ。ところが藩士となると、衣類や家具だけでなく、なんとかそれなりに整えねばならぬ。借金で凌《しの》ぐしかない。割賦《かっぷ》にしてもろうたが、まだ払い終わっちゃおらんのだ」

「そのくらいの事情がわからぬ訳ではない」

「であれば、なぜに」

「ご新造さん、お園どのから頼んでもらおうと思うてな」

「園からだと。なにが言いたい」

「父親は義理だそうだが、湯島で宿屋を営んでおるとのことだな。息子に娘、妾などに手広く宿屋や料理屋をやらせて、大した羽振りだってことじゃないか。それは表の顔で、裏の顔は俠客、つまりヤクザの親分」

とうとう本音を漏《も》らしたな、と弥一兵衛は薄く笑った。痛め付けたのに、懲りずに高札場で接触してきたので、ねらいの見当はついていたのである。

ところが六谷は弥一兵衛の薄笑いを、痛みを衝《つ》かれた苦笑と勘ちがいしたようであった。

「お園どのの母親は政さんと言ったかな。ヤクザの親分勝五郎の囲い者、つまり妾から本妻が死んだので正妻に直ったたってことだ。それだけお政さんとお園さんは、気に入られていたということになる。でありゃ、頼めば結構な金が出してもらえるのではないのか」

ダハハハと弥一兵衛が弾けるように笑うと、小心な六谷は襖や障子で仕切られているのに、不安そうにキョトキョトと周りに目をやった。

「六谷よう」と、弥一兵衛は相手を呼び捨てた。「おまえは底抜けの馬鹿だなあ」

「なんだと」

「すっかり忘れてやがる」

「な、なにが言いたい」

「柳橋の料理屋でそのことを得意になってぶちまけたろうが、おれがなにも知らんと思ってな。ところがおれが承知してたと知って、驚きやがった。おまえのことだ、人を地位とか、金のありなしとか、形に見えるものだけでしか判断できんのだろうが、おれはそうじゃない。旗本の三男坊の娘とか、ヤクザ者の義理の娘とか、そんなことはなんの関係もないのだ。つまり園だから気に入った、惚れてしまった、それだけのことだぜ」

六谷はなにか言おうとしたかもしれないが、言葉にはならなかった。

「それからな、おまえはおれの首根っこを押さえたつもりだろうが、園がヤクザ者の養女だってことは、おれに関わりのある人は、みんな知っている。つまり大事なのはその人がどういう人かということだけで、立場とか肩書なんぞはなんの意味も持たんということだよ」

ここまで言えば六谷にもわかったらしく、がっくりと肩を落とした。

みんな知っていると言ったが、それは嘘《うそ》である。しかし六谷はそれをたしかめられないだろう。関わりのある人はと言ったが、だれがどうだかまではわからないからだ。

「どうなのだ。それでも園にというなら、話してみぬこともないが」

「いや、わかった。もういい」

「だったら、すべてなかったことにして、気持よく別れようではないか。払いは出してもいいし出してもらってもかまわん。しかし、折半《せっぱん》が一番いいのではないか」

「そうだな。そうしよう」

二人はおなじ額を出して、気持よく（少なくとも弥一兵衛は）別れたのである。

帰宅は半刻（約一時間）ほど遅れたが、園と勝五は食べずに待っていた。

園は早瀬から聞いているはずだが、弥一兵衛が言わぬかぎり自分から訊くことはしない。六谷の陰湿《いんしつ》さから仕返しを心配するかもしれないが、園とは隠しごとをせずになにもかも話すと約束している。約束した以上は守らねばならない。

勝五を寝かし付けてから、園に話して聞かせることにした。

「酒を燗してくれんか。一合でいい。いや二合だ。盃は二つだ。六谷に呼び止められたのだが、酒の肴《さかな》に手ごろな話で、おそらく笑えると思うのだがな」

「すぐ用意しますね」

どうやら今夜も、勝五が弟か妹をほしがっている話に落ち着きそうだ、と弥一兵衛は思った。

「えいッ、えいッ」

庭先で勝五が木刀の素振りをするのを、弥一兵衛と園は濡縁で茶を喫《きっ》しながら見ていた。

ある日、勝五が木切れを振りおろしているのを見たが、園が岩倉家にみつを訪ねるときは、かならず道場で見学しているせいか、子供としてはさまになっていた。とはいえ我流で、正式な教えを受けている訳ではない。

道場に入るまえに変な癖を付けてしまっては困るので、翌日、弥一兵衛は刀剣商に出向いて、子供用の木刀を購《あがな》った。そして基本を教えたのである。十日ほどまえのことであった。

以来、茶を飲みながら息子の素振りを見るのが、登城まえの日課になった。

「旦那さま、よろしいでしょうか」

庭に入るなり早瀬三五郎はそう訊いた。

「おお、なんであるか」

「六谷さまの」

「なに、また来たか。懲りぬやつだな」

「いえ、そうではございません。小耳に挟んだ噂話ではありますが」

二年まえ、六谷は江戸生まれの妻を伴って園瀬にもどった。ほどなく江戸の女を娶った藩士がいると知った妻が、会ってみたいと夫に言ったらしい。ところが六谷に会うことはならんと言われて、一時は諦めたのである。

「ところが患《わずら》いでもして江戸が恋しくなり」と、弥一兵衛は目で園を示した。

「やはりどうしても、もう一人の江戸女に会いたくてたまらなくなった。ところが亭主が許さなんだので、ますます病が高じたということか」

「いえ、至ってお元気で、病気一つしたことがないとのことです。コロコロと肥《ふと》った、朗《ほが》らかで愛敬《あいきよう》のあるお方だそうでして、園瀬の風土があったものか、活き活きしてらっしゃるそうですよ」

弥一兵衛は園と顔を見あわせた。

園瀬をクソミソに罵り、なにかあるとお江戸恋しいとさめざめと泣きやがる、と六谷は言ったのである。

「ただ、やはり」と、早瀬はちらりと園を見て続けた。「江戸の話をしたくなることがあって、つい最近のことだそうですが、ふたたび六谷さまに訴えたそうです。ところが火を噴くほど怒り狂ったので、まったくやんなっちゃう、と江戸弁でぼやいたそうでしてね。お耳汚しでしたでしょうか」

「いや、愉快な話だった」

「ご苦労でした」

早瀬が一礼して去ったので、二人は勝五の素振りに目をもどした。

つまり六谷はあわよくばと思い、園のことで強請《ゆす》ろうとしたがそれが不可能なのに気付き、泣き落としに切り替えたのである。よくぞ撥《は》ね付けたものだ。金を渡しておれば、味を占めて以後もうるさく付き纏《まと》うことになっただろう。

「あたし、会いたくなっちゃった。六谷さまの奥さまに。だってお江戸が恋しいんだもん」

園が娘時代のような口調で言った。

「おいおい、笑わさないでくれよ。住めば都のお園さん」

そう言ったものの肩の震えは止まらない。園も懸命《けんめい》に笑いを堪え、真っ赤な顔をしている。

素振りを終えた勝五が、そんな両親をふしぎでならぬという顔で見ていた。

遊山《ゆさん》の日

一

「しばらく見ることができぬゆえ、瞼《まぶた》にしかと焼き付けておくがよい」

足音がしたと思うと同時に、芦原讃岐《あしはらさぬき》の声である。肥満《ひまん》した中老は息を切らせ、春だというのに額《ひたい》に薄っすらと汗を浮かべていた。普段とはちがうからだろう、供侍《ともざむらい》を一人しか連れていなかった。

岩倉源太夫《いわくらげんだゆう》と二人の息子、龍彦《たつひこ》に幸司《こうじ》がそろって頭をさげると、中老も鷹揚《おうよう》に会釈《えしやく》した。

「この日を逃《のが》しては機会がありませぬので、園瀬《そのせ》の里をじっくりと見せておこうと」

源太夫と讃岐は日向《ひゅうが》道場の相弟子《あいでし》で、ともに藩校「千秋館《せんしゅうかん》」で学んだ仲である。二人だけのときは「おまえ、おれ」で話すが、人が居《お》れば、特に息子たちのまえでは中老に仲間口を利くことなどできる訳がなかった。

「花園《はなぞの》会の親は、だれもがおなじことを言いおる」

「会のことをご存じでしたか」

驚いてそう訊《き》いたのは龍彦である。

「知らいでか。命名者の名も存じておるぞ」

中老に言われて龍彦は顔を赤らめた。

讃岐が前山《まえやま》に来たことをふしぎに思っていたが、花園会の四人を順に廻《まわ》って励《はげ》ますためだと源太夫は納得した。

一年以上長崎で学ぶことになった息子に、どの親も改めて故郷の地を見せずにはいられなかったということだ。源太夫がそうであったように、である。

園瀬藩では藩士の子弟の有能な者を長崎に遊学させ、西洋の新しい知識を学ばせることになった。西洋医学、砲術などの新しい兵法、法制、そして芸能と文化で、四名の若手が選ばれた。

源太夫の養子龍彦もその一人である。

特別に選ばれたということもあり、四人の内の一人が、これを機に会を結成して名を付けることを提案した。それぞれが案を出して、全員一致で龍彦の考えた花園会に決まったという経緯《いきさつ》がある。

いささか意気ごみながら、龍彦はこう言ったそうだ。

「花房川《はなぶさがわ》に囲まれた豊かな園瀬の里に、われらは長崎から多くの花の種子を持ち帰ろう。ここをだれもが目を瞠《みは》るような、すばらしい花園にしようではないか」

これが全員の賛同を得て花園会となった。龍彦が赤面したのは、中老がそんなことまで知っているとは、思いもしなかったからだろう。

この半年近くというもの、龍彦たち四人は連日、朝の五ツ（八時）から夕の七ツ（四時）まで教習所に詰めていた。わが国と外国の歴史、風土、文化のちがいなどの概要、そして阿蘭陀《オランダ》語の基礎を、藩が招いた学者から学ぶためである。

十日置きの八日、十八日、二十八日が休日になっていた。だが休日返上で、平日も三の丸に設けられた臨時の教習所からもどると、遅くまで勉学に励んでいたのである。

長崎遊学が決まった日に家族だけで内祝いをしたが、源太夫は龍彦の休日に親類縁者を呼んで祝いの宴《うたげ》を持とうと思っていた。ところが机に齧《かじ》り付いて脇目も振らずに学ぶ龍彦を見ていると、切り出すことができなかったのである。

そして如月《きさらぎ》十八日のこの日、なんとしてもと思い、前山に連れて来たのだ。

「ここに来るたびに思うのだが、お国入りされた折、なにをさて置き前山に登られたというのが」

讃岐の言葉にうなずくと、源太夫はしみじみと言った。

「さすがだと思わざるを得ませんな。だからこそ、国持ちの太守《たいしゅ》となられたのだと」

「われら凡俗《ぼんぞく》とは、較《くら》べること自体が畏《おそ》れ多いが、見方、考え方の根本がちがうということだ」

「そのことを、二人に教えたところでして」

初代藩主九頭目至隆《くずめよしたか》公が園瀬入りしたのは如月の十八日、桜が満開のころである。ちょうど午時《ひる》であったが、至隆は城には向かわずに、主立った家臣を連れて前山に登り、地図を広げ、盆地を見おろしながら城下造りの想を練ったとのことだ。

脈々と語り伝えてきたことなので、これについて知らぬ領民はいない。

「ご多忙でしょうに、よう来られましたな」

「すぐにもどらねばならん。何度か登ったことはあるが、やはり特別な日である如月十八日のこの日、この時刻でなければな」

言いながらも、その目は盆地全体を俯瞰《ふかん》している。

「こうして眺めると、園瀬の里には夥《おびただ》しい桜樹《おうじゅ》が植わっておるのだな。桜は咲いて初めて、そこにあることに気付かされる。一年中、根を張って立っておるのに、花が散れば忘れてしまうのだから、人とは勝手なものだ」

「年に五日から七日ほどしか咲かぬので、人は愛《め》でるのでしょう。年中咲いておれば見向きもしますまい」

花房川大堤《おおつつみ》の桜並木、老職の屋敷や小高い丘などあちこちに、桜が白っぽい花を見せている。

かれらはしばらくのあいだ、春霞《はるがすみ》に煙る盆地を見おろしていた。

至隆の構想は、完成に五年を要する壮大なものであった。流れくだって盆地を二分し、毎年のように氾濫《はんらん》する花房川を、堤防を築くことで盆地の外縁に押しやったのである。

新たな川とするため掘った土砂で堤防を築き、その後、かつての堤防で古い川を埋めて畑地や水田としたのだ。新しい堤防はまるで巨大な蹄鉄《ていてつ》のようであり、その内側に広大な水田地帯を抱えることになった。

大工事が完了した年、至隆は各町と村に餅米《もちごめ》と酒を配り、城郭《じょうかく》の大濠《おおほり》の内側に入らぬ限り自由に踊り騒いでよいとの許可を与えた。そして武家には踊ることはもちろん、見ることさえ禁じたのであった。

丁度《ちょうど》お盆ということもあり、園瀬の里では毎年、先祖供養《くよう》の踊りが繰り広げられる。五年の大工事を終えたばかりの領民は、藩主の粋《いき》なはからいに狂喜して踊り狂った。それを知った藩主は、毎年おこなうことを許したのである。

その踊りの熱狂振りが、商用で当地を訪れていた京大坂の商人たちによって広められ、ほどなく園瀬の盆踊りとして全国に知られるようになった。遠くは江戸からも、講を組んで見物客が押し掛けるありさまだ。

今では領民のなによりの楽しみであるだけでなく、見物客が旅宿や土産物《みやげもの》などで多大な金を落とすようになって園瀬の民を潤《うるお》していた。

一方の武家には如月十八日の藩祖お国入りの日に、盆地の真南、ほぼ三角形をした前山での遊山《ゆさん》が許された。

明六ツ（六時）に高橋《たかばし》と北の番所で狼煙《のろし》があげられると、五ツ（八時）から四ツ（十時）ごろに掛けて非番の藩士と家族、家士や郎党は屋敷を出て前山に向かった。数日前から下僕《げぼく》が場所取りをし、掃除をすませてあるので、当日は茣蓙《ござ》と料理を入れた重箱を従者に持たせて出向けばよい。

当番の藩士の家では、家族と、主人に従って登城しなくていい奉公人が出掛けた。

重箱は何段かになっていて、巻き寿司や稲荷《いなり》寿司、さまざまな煮物などが詰められている。女子供には茶が、そして呑兵衛《のんべえ》には酒が用意された。

なにしろめでたい日であり、しかも無礼講《ぶれいこう》である。酔っぱらう者も出るのに、不思議と刃傷沙汰《にんじようざた》はおろか喧嘩《けんか》さえ起きなかった。それどころか、いい見合いの席となって、毎年のように何組かの縁談が決まるのが通例であった。

初期には狼煙があげられていたが、風が強ければ立ち昇らないし、春霞《はるがすみ》の朝には見えにくいこともある。どうせ番所であげるなら、音だけの花火である雷《らい》がいいだろう、ということになった。

その慣習を利用して藩を混乱に陥《おとしい》れようとする企《たくら》みがあったが、源太夫や弟子たち、そして町奉行所の働きで未然に平定された。以後も変わることなく、雷の打ちあげは続けられている。

至隆はもとの川筋の一部を引いて、複雑に濠をめぐらせた。

またゆるい扇状《せんじよう》の斜面を削って雛壇状《ひなだんじよう》に整地し、上士の屋敷を配した。その周囲に中級藩士の屋敷、さらに下級藩士の組屋敷と町家の混在した町を置き、外側に軽輩者の組長屋を配置したのである。特にその地区は道が狭くて複雑に入り組み、袋小路《ふくろこうじ》も多く、よほど慣れないかぎり道に迷ってしまうように造られていた。

土手から常夜燈《じょうやとう》の辻《つじ》までの道は直線だが、そこからは狭い道と濠や溝《みぞ》のためにまさに迷路となっていた。園瀬の住民でなければ、容易《ようい》に城に辿《たど》り着くことはできない。

左手に目を向けると、南西から流れて来た花房川が、巨大な岩盤にぶつかって藤ヶ淵《ふじがふち》を掘り起こしていた。川はそこから流れを南東方向に変え、弧を描いて盆地を取り囲むのである。

至隆は淵のすぐ下流に堰《せき》を築き、堤防の起点に取水口を設けた。水門には水量の調節できる、歯車の回転で上下する巨大な扉が備えられている。

その堰が最も落差があったが、馬蹄形の堤防の起点から終結部までには、五箇所の堰が築かれた。堰には溯上《そじょう》する鮎《あゆ》などのために、低い段を繋《つな》げた水路が設けられている。

それぞれの堰のあいだには水が湛《たた》えられるため、早瀬や急流は普通の川ほど多くはなかった。

外部への連絡は高橋だけなので、敵の襲来があれば橋を落とすのである。船を用意するか堰を渡らないかぎり攻めこむことはできないので、敵の動きにあわせて守備隊を配すればよかった。

高橋以外にも三本の橋が設けられていたが、それらはすべて流れ橋である。打ちこんだ杭《くい》に交互に板を並べ、板は丈夫な棕櫚《しゅろ》の繊維《せんい》で編んだ綱《つな》で結ばれていた。

さらにそれは、岸の大樹の幹や大岩などに巻き付けられている。大雨で増水すれば浮きあがり、水が退《ひ》けば架《か》けなおすので、流れ橋と呼ばれていた。

これも防備のためだが、戦世《いくさよ》が遠退《とおの》き平穏《へいおん》な日々が続くと、生活する者には不便極まりない。だがそれに関して文句を言う者もなく、改善されることはなかった。

城山の背後、天守閣の北側は絶壁となり、西に続く山は瘦《や》せた馬の背のように尖《とが》っているので、尾根道はかろうじて一人が進めるだけである。まさに攻めるに難《かた》く守るに易《やす》い、鉄壁の構えであった。

「ここから眺めると、園瀬のお城が鬼陣《きじん》城の異名をもつ意味が、納得できるであろう」

源太夫が龍彦と幸司にそう言うと、讃岐が付け加えた。

「武家の役目は、物を作りそれを商《あきな》う領民たちを守ることだ。ややもすると、その根本を忘れがちになる。ここに立つたびに、思い起こさねばならぬ」

「わたしが長崎に遊学させていただくのは、そのためだと胆《きも》に銘《めい》じております」

龍彦が勢いこんで言うと、讃岐は満足そうにうなずいた。

「頼もしきやつよ。その気でもっておおいに励むのだぞ」

「はい」

「あちらに酒が用意してありますので、ぜひ一献《いっこん》」

源太夫がそう言うと、讃岐は未練そうに言った。

「いや、止《よ》しにしておこう。赤い顔で城にもどる訳にはまいらぬでな」

言い残すと芦原讃岐は供侍をうながし、禾本《のぎぐさ》や灌木《かんぼく》に覆《おお》われた斜面を下りて行った。

源太夫たちが盆地を眺めていたのは、前山の正面、山頂の近くであった。みつと娘の花《はな》が莫蓙を敷いている場所は、山の西側斜面となる。

三人はそちらに移動した。

二

「ここからだと、園瀬の里はほとんど見えないのでつまらない」

源太夫と息子たちがもどると、花がいくらか不満そうにそう言った。みつが笑いながら窘《たしな》める。

「たしかに里の一部しか見えませんが、正面から瀧《たき》は見えないでしょう。ここからは瀧が見えますよ。ないものねだりをするより、ここで見られたり得られたりする、よいものを見付けるようにしましょう」

源太夫はみつの言葉を受けて続けた。

「この山の赤松はなんとも見事だぞ。ほかの山では、木の肌がこれほど明るい赤茶色にはならないからな」

前山の中腹から上は喬木《きようぼく》が次第に多くなるが、山頂近くと左右の斜面はほとんどが赤松に覆われている。その幹や枝の赤褐色《せつかつしよく》が、松葉の濃緑色《こみどりいろ》に映《は》えて鮮やかであった。

「なぜここではそのように」

なににでも興味を示す龍彦がそう訊いたが、幸司は口が重く、黙って聞いている。

「この山の地味、土だな、それが松の木にあっているので育ちがいいのだろう。次々と新しい表皮、つまり木の皮ができて下から押しあげるので、古い皮が剝《は》がれ落ちる。だから常に明るい赤茶色をしているのだ。人もおなじと心得ておけ」

「人も」

そうつぶやいたのは幸司であった。

「武芸も学問も、常に新しい力を蓄《たくわ》えぬと、すぐに固まってしまって、いざというときに力を発揮することができなくなってしまうのだ」

息子たちはなにも言わなかったが、納得したらしく二人ともおおきくうなずいた。

前山の両脇は鋭《するど》く切れこみ、谷間やその斜面には杉の大木が高さを競うように屹立《きつりつ》し、楊梅《やまもも》や椎《しい》の巨樹が鬱蒼《うっそう》とした森を作っていた。

谷から離れるにつれて松が多くなっている。

切れこんだ斜面の奥にある渓谷《けいこく》は相当に急なのだろう、真っ白な瀧となって落ちるのが何箇所かで見られた。

前山は握《にぎ》り飯《めし》に似てほぼ正三角形をしているので、遊山の日の一等地は正面中央寄りの七、八合目辺りより上部となる。そこからだと、園瀬盆地の全容が鳥《ちょう》瞰《かん》できた。

源太夫が遊山の日の行事に参加するようになったのは、みつを後添《のちぞ》えとし、岩倉道場を開いて弟子を教えるようになってからである。

御蔵番として組屋敷にいたころは、剣の腕を磨《みが》くことしか考えていなかった。職掌柄《しょくしょうがら》、人と言葉を交わさなくても仕事に差《さ》し支《つか》えはない。そのため無口を通し、岩とか壁と陰口《かげぐち》を叩《たた》かれていたのである。

さらに組屋敷の狭い庭で軍鶏《しゃも》を飼っていたので、その世話や鶏合《とりあ》わせ（闘鶏）もあって遊山に行く気にはなれなかったのだ。いやそれは口実で、軍鶏に関しては下男の権助《ごんすけ》に任せておけばよかった。というか、一切《いっさい》の世話は権助がやっていたのである。

最初の妻ともよを亡くしていたこともあり、源太夫はとてもそんな浮かれた気分にはなれなかったのだ。

父が遊山に行かなければ、息子夫婦の修一郎《しゅういちろう》と布佐《ふさ》も遠慮するしかない。すでに家督《かとく》は継いでいたが、修一郎たちが遊山に行くようになったのは、源太夫が道場に移ったその年からである。

いい場所は古くからの連中が占めているので、空き地は前山の正面では左右の下寄り、でなければ西か東の側面にかぎられてしまう。そこにしても、いい場所はすでに占められていた。

前山は北面しているので、午後の八ツ半（三時）ごろになると正面は陽が射さなくなる。東斜面は、朝は最初に陽を受けるものの、正面より四半刻《しはんとき》（約三〇分）から半刻（約一時間）は早く翳《かげ》るようになるので、そのころにはほとんどの家族が引き揚げるのであった。

西斜面にはまだ陽が射しているが、東斜面や正面に人が居なくなるとなんとなく落ち着かず、やはり引き揚げることになる。

正面、東斜面、西斜面の順にいい場所が占められてゆくが、一度場所を取ると、暗黙のうちにそこがその家のものとなった。そのため源太夫や修一郎には、盆地の一部しか見えない、あまり眺望《ちょうぼう》のよくない西側しか残されていなかったのだ。

「何人もの方がお見えになりました」

みつが来訪者の名を羅列《られつ》したが、その多くはかつての弟子たちである。役に就《つ》くと自然と道場に顔を出さなくなる者がほとんどだが、律儀《りちぎ》に登城前にひと汗を流す者もいた。師匠と弟子の関係は生涯にわたって続く。

みつが名を挙げた者の中には、遊山の日にだけ顔を出す者も何人か居た。源太夫はうなずくと龍彦に言った。

「少し腹に入れたら、われらも挨拶廻《あいさつまわ》りに行かねばな」

「はい」

そもそも今回の遊山の最大の目的は、多くの藩士が集まっている遊山の日に、長崎遊学の挨拶をまとめてしておこうということにある。遅くなれば下山する者もいるので、軽く食べて早めに廻るつもりであった。

「ああ、腹が減った」

幸司がまだ風呂敷《ふろしき》に包まれたままの重箱を見ながらそう言うと、龍彦がおおきく首を振った。

「武士は」と、そこで切ってから言い直した。「武士も喰わねば腹が減る」

「ここでは許してあげますが、他所《よそ》に行って、そんな馬鹿なことを言うのではありませんよ」

窘めながらも、みつの顔は笑っていた。

「お兄さま。まるで武蔵《むさし》みたいですね。喰いしん坊なのだから」

武蔵は龍彦が常夜燈の辻で拾って来て、世話をするようになった捨て犬であった。

花にからかわれても、龍彦は澄《す》まし顔で言った。

「武蔵は喰いしん坊かもしれんが、兄さんはちがう」

「あら、どうちがうのですか」

「正直だから、喰わねば腹が減ると言ったのだ」

「食べなければお腹が空《す》くのなら、武蔵とおなじでしょう」

「馬鹿なこと言ってないで、ちゃんと坐《すわ》りなさい」

重箱を包んだ風呂敷を解《ほど》きながらみつが言うと、花がもうひと声、龍彦にからかいの追い討ちを掛けた。

「武蔵もちゃんとお坐りができたら、餌《えさ》をもらえるでしょ」

「餌はひどいなあ。それが兄に向かって言うことかい」

その声が尻すぼみになった。

みつが良く洗って乾かしておいた熊笹《くまざさ》の葉を、花茣蓙の上に並べて食器代わりとし、重箱の料理を並べ始めたからである。

グーッと腹が鳴り、龍彦と幸司が「自分じゃない」と言いたげに、互いの腹を同時に指差したので、みつは思わず噴き出した。

「二人とも鳴りましたよ。すぐ食べさせてあげますから、もう少し我慢なさい」

日々の食事はほとんどが一汁一菜《いちじゅういっさい》と極めてつましいので、遊山の日は子供だけでなく大人にとっても待ち遠しかった。

中でもだれもが楽しみにしているのが、ボウゼの姿鮨《すがたずし》だろう。

ボウゼは六寸（約一八センチメートル）前後の、鯛《たい》に似た扁平《へんぺい》な白身魚である。背を割《さ》いて内臓や鰭《ひれ》、目玉を除き、よく水洗いして酢に漬けておくと、骨までやわらかく食べられた。これを載せて押し鮨とし、食べやすいおおきさに切ったものだ。

遊山の日は如月だが、秋口だと酢橘《すだち》の季節なので、さらにおいしくいただける。皮が厚くて頑固《がんこ》なまでに酸《す》っぱいこの蜜柑《みかん》を、薄切りにして添えてもいいし、果汁を絞り掛けても独特の風味を味わえた。

園瀬の里では混ぜ寿司を散らし寿司と呼ぶ。これは季節によって材料も変わるので、作り手の腕の見せ所でもあった。

寒天羊羹《かんてんようかん》も武士の家では、遊山の日くらいしか食べられぬものである。

その多くが普段はお目に掛かれぬ、口に入れられぬものばかりであった。子供たちはみつが熊笹の葉にそれらを取り分けるのを、我慢して待っている。

「はい。ではいただきましょう」

「いただきます」

声がそろっていた。

食べるときにお喋《しやべ》りするような不作法をしてはいけないと、常日頃から注意してある。今日に関してはその心配はないようだ。舌鼓《したつづみ》を打つ子供たちはとても言葉を発することはできないで、ただひたすら食べることに集中している。

こういう楽しみ、喜びもあるのだなあ、と源太夫はしみじみと思った。

長男の修一郎には、子供時代にこのような喜びを味わわせることはなかったのである。いや、幼年から青年にかけての源太夫も、やはり味わっていない。

組屋敷住まいの者の中には、遊山の日に前山に行かぬ家がけっこうあった。着る物やご馳走《ちそう》のことがある。前山に出掛けても惨《みじ》めな思いをするだけだと、当番であればそれを理由に、非番の者は肘枕《ひじまくら》で終日、寝転がる者、安酒で気を紛《まぎ》らわせる者、などが多かった。

そのような僻《ひが》み根性はもたずに、握り飯に沢庵《たくあん》でもいいから、出掛けるべきであったのだ。清澄《せいちよう》な大気を胸一杯に吸いこみ、高所から自分たちの暮らす土地を見、鷹揚に飛翔する鳶《とび》の啼《な》き声に耳を傾ける。なぜそのような、おおらかな気持になれなかったのだろうか。

考え方一つでおおきく変わるものもある。子供たちからそれを奪ってはならない、と源太夫は思わずにいられなかった。

「父上、いかがなさいました」

龍彦の声で我に返ると、幸司や花もふしぎそうな顔をして源太夫を見ている。みつを見ると、こちらはやわらかな目をして、微笑みながら見ていた。

「いかが、とはどういうことであるか」

「あまり食べておられませんが」

「そんなことはない。十分に喰うておるぞ」

「ご酒《しゅ》になさいますか」

みつが訊いた。

「茶をもらおう。挨拶廻りをすれば、厭《いや》でも強《し》いられるからな」

「ほどほどになされますように」

言いながらみつは茶を淹《い》れて、湯呑《ゆのみ》を源太夫のまえに置いた。口に含むと苦みが爽《さわ》やかに感じられた。

「いつものとはちがうな」

「遊山の日ですもの」と、そこでみつは口許《くちもと》を押さえた。「気付いていただけないだろうと思っておりましたが」

言われて源太夫が含み笑いをすると、みつが笑いを返した。

「父上に母上、なにがそんなにうれしいのですか」

花が怪訝《けげん》でならぬという顔で見ている。

「花は何歳に相《あい》なった」

龍彦がそう言うと花は口を尖らせた。

「九歳ですよ。兄上、変ですね」

「なにがだ」

「花は九歳になったな、おめでとうって祝っていただきましたよ、お正月に」

「齢《とし》のことを言っているのではないのだ。花もあと十年、いや六、七年もすればわかるだろうよ」

「さて、龍彦よ、出掛けるぞ。わかっておろうが、酒は慎《つつし》めよ。教習所の初日のようになってはならんでな」

「勘弁してください。あれは初物尽くしでしたので醜態《しゅうたい》を晒《さら》しましたが、今は大丈夫ですから」

龍彦の言葉を無視して、源太夫はみつに言った。

「権助の特効薬」

「生姜《しょうが》梅肉湯《ばいにくとう》でございますか。今日は用意しておりません」

「ということだ、龍彦。醜態を晒せば捨て置いて帰るから、そのつもりでおるように」

三

「東斜面の者が早く帰るので、そちらからにするぞ。そのまえに」と、源太夫は龍彦に言った。「念のため小用《こよう》を足しておくとしよう。東と西の斜面がよいのは、厠《かわや》が近いことだけであるな」

遊山の日はどの家も家族総出となり、当然だが女や子供もやって来る。そこで問題となるのが厠であった。

男や子供は木陰《こかげ》などですますこともできなくはないが、女はそうはいかない。料理を食べて茶を飲みながらも、だれもがあとのことを考えてだろう、なるべく水分は控えるようにしていた。とは言うものの、家に帰るまで耐えられる訳ではない。

女の中には男に負けぬ酒豪もいた。調子に乗って盃《さかずき》を空けていると、あとであわてることになるのだ。

遊山の日が始まった当初から、正面は格上や役付きの者が場所を占めていた。その後、出世する者とか逆に没落する者、中には家を廃される場合も出て来る。そういう場合には場所替えがおこなわれ、役職ほしさに密かに場所を譲るとか交換する者もいないではなかった。

正面上位には、自然と格式のある家が集まっていた。また前山の正面は城下からも見えるし、風は昼のあいだは、平地から山頂へと吹きあがる。そのため正面斜面に厠があっては、位の高い者が臭いに厭な思いをせねばならぬこともあった。

それもあって、厠はその多くが東西の斜面に設けられている。しかもほとんどが、岩陰や巨木の背後などの見えにくい場所に作られているのは、そのような事情からだ。

年に一度しかない遊山の日のために、藩は前山に十箇所近い厠を設けたのである。

東西の斜面でよいのはそれだけだと源太夫が言ったのは、厠が近いので用足しが楽だとのことであった。

先に用を足した源太夫が龍彦に念を押した。

「よいか。最後の一滴まで絞り出しておけ」

厠から出て来た龍彦と前後して歩きながら、源太夫はさらに注意した。

「それに遣《や》り取りは形だけのことだから、酒を注《つ》がれたからとて飲み干すことはないぞ。唇《くちびる》を付けさえすれば許されるゆえ、そっと下に置けばよいのだ。食べ物を勧《すす》められても、母の料理で腹が朽《く》ちておりますのでとの理由で、箸《はし》を付けるくらいにして大食いはせぬことだ。珍しいご馳走にはつい手が出そうになるだろうが、我慢するのだぞ」

二人は西側から正面の斜面を横切らずに、山頂部の背後を東斜面に廻った。姿を見掛ければ引き留められるだろうし、次々と声を掛けられたら、東斜面の者は引き揚げてしまう恐れがあったからだ。

毎回、どの家を訪れてもおなじ挨拶をせねばならないだろうと、源太夫はいささかうんざりしていた。ところが顔を見るなり、相手から、それも満面の笑みを浮かべて声を掛けられることがほとんどであった。

「ほどなく長崎行きでござるな。それでわざわざ挨拶に、それはご丁寧《ていねい》に」

などという具合で、姿を見せるなりどこでも先方から声を掛けられた。若い藩士や子弟から厳選された四名の内の一人だということで、今回の遊学が藩内でいかに話題になっているかを、源太夫は改めて感じさせられたのである。

「遊学を終えてもどれば、出世は約束されたようなもの、親御さんとしても楽しみなことであろうな」

「いや、軟弱者《なんじやくもの》ですのでぶじに学びを終えられるかどうか。なにしろすべてが初めてということでもあるので、心配の種が尽きることがありませぬ」

「まずは祝いの盃を」

などという調子で遣り取りとなるが、相手は訪れる者に対してだけだからいいとしても、こちらはそれが数重なるのだから、つい飲みすぎる危険性があった。先方は祝いを理由になんとか飲ませようとするので、断り方次第では気分を損《そこ》ねることになる。

それと予想外であったのは、ほとんどのところで祝いの金一封を押し付けられたことであった。祝いとして渡されたら、受け取らぬ訳にはいかない。

それだけではすまなかった。相手側になにかあった場合は、相応のお返しをしなければならないので、きちんと記録しておく必要があるからだ。

源太夫が遊山の日を理由に挨拶廻りをしようと考えたのとおなじように、相手側も挨拶に来るであろう四人のために、祝いを包んで待ち受けていたということであった。

妻女が遊学やその準備のことなどで龍彦にあれこれと訊いていると、あるじが声を落として、「嫁取りの話も随分《ずいぶん》と持ち掛けられておることであろうな」とそれとなく問うこともあった。場合によっては冗談か、軽い世間話と取られてもかまわない、との含みであろうが、目はけっこう真剣なのだ。年ごろの娘を持つ親のところでは決まって、さり気なくそんな話をされたのである。

どうなるかはわからないが、取《と》り敢《あ》えず記憶に留めてもらおうということかもしれない。あるいは四名の遊学者すべてに、それとなく持ち掛けていることも考えられた。

源太夫としては言質《げんち》を与えぬよう、曖昧《あいまい》な受け答えをするしかない。

「早くて一年、場合によっては二年、三年に及ぶかもしれぬとのことなので、とてもそこまで考えることはでき申さぬ。親としてはなんとかぶじに終えられることを願うだけでしてな」

主人と、あるいは夫婦と遣り取りしながらも、源太夫は龍彦の話し方や酒の飲み方に注意を怠《おこた》らなかった。だが遊学する四名が顔合わせをした日の泥酔《でいすい》で懲《こ》りたのか、龍彦はすべてを控え目に、そして飲酒も唇を付けるだけにしていた。男児を子に持たぬ者からは、とりわけ羨《うらや》ましがられたものである。

「わが家などは数だけは揃うておるが、四人おっても女ではな」

その娘たちは母親を交えて、なにかと龍彦の話を聞こうとしていた。しかしせいぜい何枚かの茣蓙の上でのことであれば、聞くまいと思っても聞こえてしまうだろう。なぜにそこまで気が廻らないのだろうと、源太夫は相手の無神経さに怒りさえ覚えた。

すでに鼻の頭が赤く、いい気分に酔っているらしい。それだけに声を抑《おさ》えることができないのである。娘たちにとってはいたたまれないだろうと、気の毒になったほどだ。

「その点、そちらは安泰《あんたい》。なにしろ兄は役方（文官）として将来を嘱望《しょくぼう》され、弟は最近めきめきと腕をあげておるとのこと。安心して道場を任せられるし、番方（武官）としても頭《かしら》となるであろうと目《もく》されておるでな。いかがであろうか岩倉氏、わが娘との縁組を真剣に考えていただきたいものだが」

男の長女は見目麗《みめうるわ》しく、礼儀正しくて控え目な、魅力に満ちた女性であった。だが、この父親では、と思わざるを得ない。もちろんそんな気持ちは噯気《おくび》にも出さず、ともかくぶじに学業を終えられるかどうかが、現時点では最大の関心事ですので、と逃げるしかなかった。

かなりはっきりと言葉にしたその男は、特別かもしれない。だがそれほど露骨《ろこつ》でなく、ほのめかす程度の者はけっこういた。源太夫は何箇所もで龍彦を婿《むこ》養子にとの、それとない打診を受けたのであった。

ということは、岩倉道場は実子の幸司が継いで養子の龍彦は婿養子に出すのだろうと、多くの藩士が考えていることを意味した。源太夫としては気付かぬ振りをするか、遊学がこれからということなので、現段階ではとても考えることはできないと、言葉を濁《にご》すしかない。

もっともそれらの人たちは、龍彦の長崎遊学を、そして岩倉家に対しても好意的に見てくれていた。だがそういう目ばかりでないことは、源太夫も重々承知していた。

表情や言葉には出さなくても、明らかに妬《ねた》んでいる者もいる。大抵《たいてい》の者はうまく取り繕《つくろ》うが、それを隠そうとしない者、隠し切れない者も、ごく少数ではあるがいたのである。

いくらなんでも素面《しらふ》では言えぬことなので、酔って、あるいは酔った振りをしてほのめかさざるを得ないということだ。会話に棘《とげ》をひそませて、いや露骨に厭《いや》味《み》を言う者もいた。咎《とが》めるつもりはないが、咎めても酔いのせいにするだろう。源太夫が中老の芦原讃岐と昵懇《じっこん》であることから、手を廻したと考える者もいたようだ。賄賂《まいない》によって凋落《ちょうらく》したにちがいないと、本気で考えているらしいと知って、啞然《あぜん》としたこともあった。

源太夫が筆頭家老稲川八郎兵衛《いながわはちろべえ》の放った刺客を倒し、当時中老であった新野《あらたの》平左衛門《へいざえもん》の密書を、江戸参府中の藩主の側用人的場彦之丞《まとばひこのじょう》に届けたことがあった。その働きによって、藩政の改革が成就《じょうじゅ》したのも事実である。

その実績を背景に、当時裁許奉行でのちに次席家老になった九頭目一亀《いっき》や讃岐に取り入ったにちがいないと、本気で考えている者も多いのだ。とりわけ、讃岐には龍彦の烏帽子親《えぼしおや》になってもらっていた。仮親であれば、と勘繰《かんぐ》られてもしかたないだろう。

一亀と讃岐に呼び出されて、龍彦が長崎遊学の一人に選ばれたと言われ、源太夫はそこで初めて知ったのである。もちろんそんなことを言っても意味がないし、むしろ逆効果となるのはわかっていた。

源太夫はそういう邪推《じゃすい》やさまざまな煩《わずら》わしさから逃れ、勝負の決着だけで力量が明確になる道場主を選んだのである。だが、それだけですまないのが、泰平《たいへい》の世の武家社会ということなのだろう。

父親だけでなく、龍彦の同世代の反応もさまざまであった。

かなり熱心に外国の文化や生活習慣のちがい、管絃《かんげん》などの楽器や奏《かな》でる音楽について、さらには絵画、服飾などについて根掘り葉掘り訊こうとする跡取り息子や娘もいた。教習所でどんなことを学んでいるのか、と具体的に訊ねる娘もいたのである。

源太夫と龍彦が訪れると、いつの間にか姿を消してしまった息子もいた。自分が龍彦と比較《ひかく》されるのを厭がったのかもしれないし、あるいは遊学の一員に選ばれなかったことを根に持ってのことかもしれない。

当然だが、称讃《しょうさん》する者ばかりではないのである。

挨拶廻りをしながら、源太夫は次第に気が重くならざるを得なかった。しかし当人である龍彦のほうが遙《はる》かに憂鬱《ゆううつ》だろうと思うと、微塵《みじん》もそのような心の裡《うち》を出す訳にはいかなかった。

東斜面を終えると源太夫は龍彦を労《いたわ》った。

「疲れたであろう」

「いえ、わたしは。むしろ父上のほうこそ」

「さて、正面だな」

低い位置まで下りた東斜面を登り、正面を上から下へと順に訪れることにした。

こちらの斜面は東とはちがい、特に山頂近くは家老、中老、元締役《もとじめやく》などの老職が場を占めている。岩倉家とは身分におおきな開きがあることもあって、ほとんど形だけの挨拶でこと足りた。

中老の讃岐が顔を見せただけでそそくさと帰城したように、その多くが遊山の日に関係なく多忙であった。老職も交代制で当番と非番があるが、非番だから暇かと言うと、登城こそしないものの、却《かえ》って事務処理や交渉事に追われていることが多い。

あるじに言われていたのだろう、どの家でも妻女が励ましの言葉を掛け、祝いの包みをそっと滑《すべ》らせた。藩の期待が掛かっているのだから励んでほしいが、健康にはくれぐれも留意するようにと、判で捺《お》したように言ったのである。

こちらも過分な祝いに対する礼と、誠心誠意《せいしんせいい》努力することを誓《ちか》う。まさに形式だけであり、その分、気も楽であった。

四

正面斜面を下りて行くに従い、次第に雰囲気が変化するのが感じられた。廻っていて驚かされたのは、女たちの姦（かしま）しさである。そこかしこの莫蓙に女たちが集まり、話に花を咲かせて笑い声をあげていた。

遊山の日でなければ、顔をあわせることのない相手もいるからだろう。ともかく話題が尽きないのがふしぎなくらい、どの集まりでもひたすら喋っているという印象であった。

ところが男はほとんど群れることがない。二人でぼそぼそと話しているか、一人でぼんやりしているかだ。でなければ少し離れて、静かに女たちの会話を聞いているのであった。三人以上の集まりを見掛けなかったのである。

龍彦は自分の立場をわきまえ、悪い印象を与えないようにと努力しているのが傍目《はため》にもわかった。控え目で礼儀正しく、問われたことには簡潔に答えるが、自分から得意げに喋ることなどは決してしない。

そんな龍彦が素顔に近い顔を見せたのが、ともに遊学に選ばれた、いわば同士の場を訪れたときであった。もっとも、当人のだれもが居た訳ではない。

「つい先ほど出ましたが、どこかですれちがいませんでしたかしら」

上沢《かみざわ》優之介《ゆうのすけ》の母親はそう言ったが、龍彦たちとおなじように挨拶廻りに出たとのことであった。

十八歳で選ばれた優之介は年が明けて十九歳。父は医師の上沢順庵《じゅんあん》なので、遊学を終えると医師の名をもらえるとのことである。

源太夫の弟子で祐筆《ゆうひつ》の家に生まれながら絵の道に進んだ森正造《もりしょうぞう》は、江戸の浜《はま》町《ちょう》狩野《かのう》家で学び顕凜《けんりん》の名で藩抱えの絵師になった。その母親が胃の腑《ふ》を患《わずら》ったときに、診《み》てくれたのが順庵であった。

本来は藩主家とか重職、豪商などしか相手にしない医師である。顕凜が秘かに春画《しゅんが》を描いて貯めていた金で高価な薬礼が払えたのと、江戸留守居役古瀬《こせ》作左衛門《さくざえもん》の紹介状があったので、例外的に診てもらうことができたのだ。

源太夫がそのときの礼を述べると、順庵の妻は思いがけないことを言った。

「絵師の森顕凜さんでしたね。見事な似《に》姿《すがた》絵《え》を描いてもらいまして、余程気に入りましたものか、知りあいの方がお見えになると見せて自慢しておりますよ」

「本人に教えてやれば、さぞや喜ぶことでしょう」

「お抱え絵師を辞めたそうですけど」

「さよう。江戸に出て修行していますが、あの男ならかならず一廉《ひとかど》の絵師になる
と、みどもは確信しております」

「やはり若いときに苦労しませんとね」

優之介は長崎では西洋医学を学ぶことが決まっているが、今は阿蘭陀語の習得などが主なので、龍彦と机を並べて学んでいた。

順庵は患家への往診予定が詰まっているので、優之介は一人で挨拶廻りをしているとのことだ。

「優之介どのはしっかりなさってますな。その点、こいつは頼りないので、一人で廻らせる訳には」

「いえ、優之介こそ世間知らずですので、とんだ粗相《そそう》をしでかすのではないかと案じておりますの」

「優之介どのは優秀とのことでご安心でしょうが、龍彦はそうでもありませんから、遅れてはならじと、家にもどっても遅くまでやっておりますよ」

「それは優之介もおなじでございます。そうそう、龍彦どの」

「はい」

「頭の疲れを取るには、甘いものを食べるといいそうですよ。それからあまり根《こん》を詰めずに、ときおり息抜きをすると、気持の切り替えができると聞きました」

「たとえばどのような」

「学問とはまったくべつのことがよいと聞いております。木剣や竹刀《しない》でなく、真剣で素振りをするとか、弓矢で的をねらうとか、ともかく雑念を払って無心になることが一番だそうです」

「ありがとうございます。早速試してみましょう」

ほどなく優之介がもどると思いますからと、母親は少し待ってはどうかと引き留めた。ほかにも挨拶しておかねばならないとの理由で、優之介によろしく伝えてもらうように言って、親子は辞したのである。

細田平助《ほそだへいすけ》は莨蓙に胡坐《あぐら》をかいて酒を飲んでいたが、すぐ顔に出る質《たち》らしく、茹《ゆ》でた蛸《たこ》のように真っ赤になっていた。

「なんだ、まだ廻ってるのか」

龍彦にそう言うと、平助は源太夫に頭をさげた。

「おれは朝のうちに、厭なことはさっさとすませちまったぜ」

「厭なこととは、なんてことを言うのだ」

困ったやつですとでも言いたげに、父親は源太夫たちに苦笑して見せた。

平助は優之介とおなじ十九歳で、父は蔵奉行配下の検見《けみ》役に仕《つか》える小検見である。父子ともに管絃に関心が強く、笛を吹き、琵琶《びわ》を弾じるとのことであった。長崎では文化や芸能を学ぶことになるだろうと思われるが、決定している訳ではない。

機械工学や法制を含めて龍彦と分担するか、二人がともに学ぶことになる可能性もあると言われていた。

「もう大半はすませたのだろう。一杯飲んで、あとは酒の勢いで廻ったらどうだ」

「いや、あちこちで飲まされているし、これ以上飲むと、顔合わせの日とおなじになってしまう。あんな醜態は晒したくないからな」

「ああ、あれは醜態だった。おれもあんなみっともないことは、決してしてはならんと心に誓ったものな」

「こいつ。言いたい放題を言いやがって」

つい普段の口調になってしまったようだ。

「そういうことなら見逃してやろう。角山《かどやま》にも声を掛けて、このあと全員で上沢んとこに集まることにしてるんだ」

「帰りが暗くなるんじゃないか。灯りを用意してないので、山道だから難儀するぜ」

龍彦がそう言うと、平助は笑いながら首を振った。

「遊山の続きじゃないんだ。山を下りたら、そのまま上沢の家に集まることにした。なにも持たずに来てくれってさ。患者からお礼の酒が、飲み切れぬくらい届いてるそうだ。龍彦もかならず出ろよ。なに、医者だから泥酔しても手当てをしてくれるし、薬も用意してるだろう。後顧《こうこ》の憂《うれ》いなく飲めるってことだ」

角山佐武朗《さぶろう》は優之介や平助より一歳下の十八歳なので、十七歳になった龍彦が最年少となる。

「医者のところだからと言《ゆ》うて、飲みすぎるでないぞ。長崎行きが迫っておるのだからな」

父親が苦言を呈《てい》すると、平助は聞いたことのない言葉を喋り始めたので、源太夫には意味がわからなかった。すると龍彦もおなじように、訳のわからぬ言葉で答えたのである。どうやら勉強中の阿蘭陀語らしい。

途中で父親が手を挙げて制した。

「年寄りは口うるさくてかなわん。まったくだ、いつもこうだからな。ま、我慢しよう。ああ、今日一日の辛抱《しんぼう》だ。などと言っておったのだろう」

「なかなかおもしろい遣り取りですが、そんなことではありません。冗談、軽口を交わしただけですよ」

「言葉がわからぬと、自分の悪口を言われておると思う者もいる。人のいるところでは慎まねば、相手に厭な思いをさせることになるからな」

「瓜田《かでん》に履《くつ》を納《い》れず李下《りか》に冠《かんむり》を正さず、と言う。父上のおっしゃるとおりだ」

「はい。気を付けます」

父親ではなく源太夫に言われたからだろう、平助はすなおにうなずいた。

先に平助が名を挙げた佐武朗の父は、藩の軍学と砲術の師範角山厳聴《げんそう》で中老格であった。そんな父を持つこともあって、四人の中では一番の格上である。佐武朗は当然だが、西洋兵学と砲術を学ぶことになっていた。

顔合わせの日に元締役の本條幸政《ほんじょうゆきまさ》から、四人は同等の資格で学ぶことになると言われた。ともに今後の藩を背負って立つことになるのだから、互いに協力するようにとのことであった。

もっともそれは建前で、表面的には平等に接しているつもりでも、自然と格付けしてしまうものだ。

父が中老格の角山佐武朗が最上位で、次位が上沢優之介となる。藩医は奏者役、使番、側目付などの藩主側近、それに続く側小姓、奥小姓、児小姓《こごしょう》、城内の料理方責任者である膳番の次の順位となっているからだ。

一番低いのが細田平助となるが、判断の難しいのが龍彦であった。父の源太夫は藩から与えられた剣術道場の師範なので、角山佐武朗に準ずることになるのだが、扶持《ふち》から言えば細田家よりはいくらか多いだけだからである。

別格ということになるのだろうか。

角山佐武朗もまた、龍彦とおなじように父親と挨拶廻りに出たとのことであった。

源太夫と龍彦は上沢のときとおなじように、妻女としばらく歓談《かんだん》してから西側斜面に移った。

自分たちの場所にもどると、源太夫は忘れぬうちにと矢立《やたて》から筆を出して、手控えに祝いをもらった相手の名と金額を書き留めた。

お礼のお返しを忘れるとか、それ相応のお返しをしなければなにかと気詰まりなことになり、龍彦やみつが辛い思いをしなければならなくなるからだ。念のために夫婦で名前と金額の確認をした。武家の付きあいの煩わしいところである。

遊学を終えて園瀬にもどるとき、龍彦はそれらの家への長崎土産を忘れずに買わなければならない。友人や親戚への物もあるので、けっこうな数になるだろう。

続いて源太夫は、二人が出掛けているあいだに訪れた者の名や、言伝《ことづて》のあるなしと、その内容を聞いた。

源太夫と龍彦は、残された西側斜面の挨拶廻りに出掛けた。

朝、来たおりに挨拶や立ち話をした家もあるし、格が近い家が多いこともあって、正面や東の斜面に較べるとずっと気が楽であった。

ようやく終えてもどると、八ツ半を四半刻ほどすぎていた。片付けを始める家があるかと思うと、早くも斜面を下っている一家もあった。丸く巻いた莫蓙を担《かつ》いだ下男が最後尾を付いて行く。

岩倉家の下男亀吉《かめきち》は軍鶏の世話があるので、片付けも荷物運びも家族で分担しておこなう。二人がもどったとき、みつと幸司、そして花がすべてを終えていた。

上沢家に集まることになっている龍彦は、同士たちと合流するために平助の場所に向かった。

「あまりすごすでないぞ、明日から教習所だからな」

「はい、わかっております」

そう言ってから龍彦は、「これだからな」とでも言いたげに幸司に笑い掛けた。

源太夫たちは前山の正面に廻らず、西斜面を渓谷まで下りて谷沿いの道を進むことにした。その先に流れ橋があり、近道できるからである。

五

「あれからというもの、龍彦の元気がないように思えてならないのですよ、気のせいだといいのですけれど」

みつが心配顔でそう言ったのは、遊山の日の五日後であった。しかし源太夫は、言われるまで気付きもしなかったのである。

「教習所の疲れが出たのだろう。なにしろ半年近く休みなしだったのに、特別な日だからとむりに山に登らせたからな。なに、若いのだ。二、三日もすればもとにもどるだろうから、案ずるには及ばん」

「体の疲れでしたら、欠伸《あくび》をしたり、居眠りをしたりすると思うのですが」

「そうではないのか」

「溜息を吐《つ》くかと思うと、ぼんやりと考えごとをしてることがあって。あの日、なにかあったとしか思えないのですよ」

母親と父親では見ているところがちがうので、みつが源太夫には感じ取れぬなにかを、敏感《びんかん》に察知したことはあり得る。

挨拶廻りの折に、だれかになにか言われたのだろうか。でなければ相手の喋り方や表情に、引っ掛かることがあって気に病《や》んでいるのかもしれない。そう思って記憶を辿ったのだが、これといって思い当たる節《ふし》はなかった。

あの日、源太夫はかなり冷静に龍彦に注意していたつもりである。軽率《けいそつ》なことを喋るとか、本人が気付かぬまま相手に不快感を与えるようなことがあってはならない、と思ったからだ。

若いころは、自分ではちゃんとやっているつもりでも、大人の目にはまちがいだらけということも多い。勘ちがい、独りよがり、礼を失していたり、軽率であったり、言われるまでわからないことも意外とあるものだ。

出向いた先では、あるじだけでなく妻女、息子や娘、家によっては隠居がいっしょのこともあれば、親類が同席していることすらあった。

ほどなく園瀬を離れて長崎に向かうので、しばらくご無沙汰《ぶさた》せねばなりませんとの挨拶である。どこを訪れても、相手家族全員との談笑となるのが普通であった。特別に、だれか個人とだけ話したということもない。

龍彦一人だけであれば、移動中などに同年輩の連中から厭味や皮肉を言われるとか、露骨な嫌がらせを受けたことも考えられないことはなかった。だが厠に寄ったとき以外は、つねに源太夫が付き添っていたのである。

「考えられるとすれば、われらと別れたあとということになるが」

「上沢さまのお宅で、なにかあったのでしょうか」

「同学の士だけだからな。若い上に酒も入っている。なによりも気詰まりな挨拶廻りを終えて、気が緩《ゆる》んでおるはずだ。なにかあってもふしぎはないが」

龍彦たちが前山を下りたのは七ツ前後だろうから、上沢屋敷に着いたのはその半刻後の七ツ半（五時）ぐらいだと思われる。

家にもどったのは五ツごろだったので、一刻半（約三時間）くらい飲んだ計算だ。もっとも飲み方にもよるので、時間だけで判断するのは意味がない。それに屈辱《くつじょく》を味わったことがある龍彦が、泥酔するほど飲むとは考えられなかった。

「龍彦が一番若いが、平助どのとの話し振りを見るかぎり、親しい学友としか感じられなんだな。優之介どのと佐武朗どのは挨拶廻りに出ておったが、母親の態度からしても、四人はけっこう親しく、ともに学んでいるというふうであったからな」

「もどったときも、特に変わったところはなかったですものね」

帰宅時の龍彦は、泥酔しているふうでも、蒼褪《あおざ》めた顔をしている訳でもなかったのだ。微醺《ほろよい》程度で、呂律《ろれつ》が廻らぬこともなければ、酒臭い息を吐いていた訳でもない。

ただ、さすがに疲れたようではあった。

上沢家でもらった土産の菓子の包みを幸司と花に渡すと、いっしょに食べましょうよと言われても、笑うだけで手を出さなかった。そうこうしているうちに、疲れたので先に休みますと源太夫たちに断って、寝部屋に消えたのである。

もっともこれだけでは、なんとも言いようがない。

源太夫にすれば、挨拶廻りの折に特に感じたことはなかったので、なにかあったとすれば、若い連中の上沢家での飲み会としか考えられないのだ。

それとも、上ノ丁の東部に位置する上沢屋敷を出て堀江丁《ほりえちょう》の西寄りにある岩倉家にもどるまでのあいだに、だれかと行き合いでもしたのだろうか。意地の悪い、しかも長崎遊学に選ばれなかった、鬱屈《うっくつ》した若侍に絡《から》まれた可能性がないとは言えない。

龍彦は幸司に追い越されたくらいなので、剣の腕は大したことがないし、本人もそれを自覚している。

悪口雑言罵詈讒謗《あっこうぞうごんばりざんぼう》を浴びせられて、当然、刀を抜くべき状況になったことも考えられないではない。だが遊学を控えているのでとても抜けないと我慢したとしても、自分に対する言い訳でしかないのだ。

それがわかっているだけに、内心忸怩《じくじ》たるものがあって、気鬱《きうつ》に沈んでいるのかもしれなかった。

散々罵倒《ばとう》されて、すごすごと引きさがらねばならなかったことも、考えられないではない。そのような恥辱《ちじょく》を受けたとしても、龍彦はその口惜《くや》しさを源太夫やみつに打ち明けられないのである。

そこには、幸司とちがって実子ではないので甘えられない、甘えてはならないとの、自分に対する強い規制がなかったとは言えない。

孤児となった市蔵《いちぞう》を引き取ったとき、源太夫とみつは実の子として育てようと約束した。その後、幸司と花という実子を得ても、その気持に変わりはない。いや、だがそんな源太夫たちの気持を知らずにいてもふしぎはないのである。いや、知らないと思ったほうがいいだろう。

市蔵は元服して名が龍彦と改まりはしたが、名が変わったくらいで、考えが変わるとは思えない。

ああ、もどかしい。

源太夫がそうであるように、龍彦もまた、もやもやとしているにちがいないのだ。かまうことはないから、洗い浚《ざら》いぶちまけてはどうだと言えれば、どれだけ気が楽になるだろうか。

「迂闊《うかつ》なことは言えぬ。それに思いすごしかもしれぬからな。ここはもう少し、ようすを見たほうがよいのではないか」

「やはり、そうするしかないでしょうね」

ようすを見ると言っても、親子が接していられる時間はさほど多くはない。

疲れているだろうからと、みつは六ツを四半刻ほどすぎてから龍彦を起こすようにしていた。源太夫はすでに起きて、庭で餌を与える亀吉について廻りながら、軍鶏の具合を見ていることが多い。

龍彦が洗顔をすませると、全員がそろって食事を摂《と》る。龍彦が教習所に出掛けるのは、五ツの四半刻ほどまえである。食事しながらは話さないので、起床が少し遅くなると会話すら交わせない。

夕刻は七ツに終えるが、講師役の学者にいろいろと訊ねるとか、四人で教えあうこともあるようだ。それでも六ツをすぎることはほとんどなかった。ところが真っ直ぐもどっても、夕食までのわずかな時間を惜《お》しんで机に向かう。

全員で食事をして茶を飲むと、程なく龍彦は予習なり復習なりに掛かる。そのため話す時間は取れないのであった。

みつに言われたこともあって、源太夫はなるべく注意するようにしていた。たしかに溜息を吐くこともあればぼんやりしていることもあるが、それも言われてみればということで、それまでとさほど変わったようには思えないのである。

三日目の夜、蒲団《ふとん》に入ってから源太夫はみつに言った。

「やはり変だと思うか」

「ええ、どことなく」

返辞に少し間があった。

「気にするほどのことではないと思うが」

「だとよろしいのですけれど」

「ということは、変だと思っておるのだな」

またしても間があったが、それもかなり長いものであった。

「恋患《こいわずら》い、ということはないでしょうか」

「恋わ……」

言い掛けて、あわてて声を呑《の》みこんでしまった。思いもしない言葉であった。

「なにか、それらしいことがあったのか」

「いいえ」

「女の勘というやつだな」

「龍彦は内気なところがありますし、普段も気持を出さないようにしていますから、あれこれ考えると残るはそれかと」

「恋患い、か」

「遊山の日にどこかのどなたかに、一目惚《ひとめぼ》れしたということはないでしょうか。勉学する身であり、ほどなく長崎に発《た》たねばなりませんし、どうにもできぬ身がもどかしくてならないのではないか、とも」

源太夫にすれば意表を衝《つ》かれた思いだが、みつにそう言われると簡単に否定できなかったのである。

恋患い。

一目惚れ。

武芸者の源太夫にすれば、これほど縁のない言葉はない。

遊山の日の出来事を急速に洗い直してみる。

だが、龍彦の変化には思い至らなかった。

いや、そのような微妙な心の変化を、当事者である龍彦が人に見せる、感じさせる訳がないのである。

と、そこで源太夫の思考は停止、いや、空廻りしたのであった。

とんでもないことに思いが至り、衝撃を受けたのである。それは龍彦の血、龍彦に流れる血が、本人が意識せず気付きもしていないのに、かれを支配しているのではないかと、思い至ったからであった。

六

龍彦の父親は武具番方の立川彦蔵《たちかわひこぞう》である。だから元服に際し、源太夫は市蔵の名を龍彦と改めた。父親の姓名から立彦としたかったが、それでは露骨にすぎると思ったからだ。

だが龍彦の実の親は彦蔵ではなく、武具番頭《ばんがしら》の本間宗一郎《ほんまそういちろう》であった。宗一郎は百石取りの当主ながら名うての遊び人で、とりわけ女にはだらしがなかった。下女には手をつけるし、西横丁《にしよこちょう》辺りでは料理屋や茶屋の使用人はおろか、女将《おかみ》などともなにかと噂《うわさ》の絶えない男であった。家柄がまずまずである上になかなかの美男であり、その上江戸でも遊びに耽《ふけ》って磨きをかけ、人をそらさぬ話術を身につけているので、女たちにもてはやされていたらしい。

水商売や青楼《せいろう》の女だけならさほど問題にもならなかったが、武家の娘や妻女、人の囲い者などともなにかと噂が絶えなかった。もっともやりかたがよほど巧《こう》妙《みよう》であったのか、尻尾《しっぽ》を摑《つか》まれるような真似《まね》はしていない。

彦蔵の妻となった夏江《なつえ》とも以前から深い仲であったらしいが、二百二十石取りの飯岡《いいおか》家の三女ひでとの縁談がまとまりそうになったことで困り、当時二十四歳であった夏江を部下の彦蔵に押しつけてしまったのである。

好都合なことに、彦蔵の妻のみつは嫁《か》して八年になるのに子を生《な》していなかった。石女《うまずめ》など離縁して、跡取りを産める娘を嫁にしろと迫ったらしい。みつを離縁した彦蔵は夏江を娶《めと》ったが、夏江はすぐに懐妊《かいにん》した。なにかといえば格のちがいを持ち出す鼻持ちならない権高《けんだか》な女であったようだ。それもあって、宗一郎は外に女を求めるようになり、夏江が市蔵を産んで三月《みつき》も経《へ》ぬうちに縒《よ》りをもどしたのであった。

それを知った彦蔵は出合茶屋で二人が抱きあっているところに乗りこみ、斬り殺して逐電《ちくでん》した。姦夫姦婦《かんぷかんぷ》の成敗であれば無罪だが、上役を斬った以上藩にはおられぬと考えたものか、妻の姦通を恥じてか、姿を晦《くら》ませたのだ。

親か兄が殺された場合なら、藩主が仇討《あだうち》免状を発行して遺族に恨《うら》みを晴らさせるということも可能だが、本間宗一郎には息子も弟もいない。そこで皮肉にも、みつを後添えとした源太夫に、上意討ちの命がくだったのである。

彦蔵は死を覚悟しているが、恐れてはいなかった。そしてなぜか、源太夫になら打ち明けていいと思ったらしい。

「本来ならあの場で腹を召すべきで……」彦蔵は言葉を切り、ややあって続けた。「殺す気などなかった。倅《せがれ》の市蔵があの男の胤《たね》だということも知っていたのでな」

「……？」

「産婆が八月《やつき》の早産なのにこんなにおおきくて、と言ったので、わかり申した。それもよかろうと思ったのです、武家には跡継ぎがなくてはなりませんからな。あの女がそれで落ち着けばよいであろうと。が、間もなくあの男と縒りをもどし、同職から忠告されては武士として放置することもならず」

彦蔵は言葉を切った。無意味なことを喋りすぎたと感じたのかもしれない。かなりの時間ためらったのち、相手は続けた。

「あの女は『その人を斬って』と叫んだ、夫であるそれがしを、その人と。……覆水《ふくすい》は盆に返らぬ」

源太夫は言うべき言葉を知らなかったが、上意討ちの命に逆らうことはできない。満身創痍《まんしんそうい》になりながら、彦蔵を倒したのである。

龍彦の父親が彦蔵でないことをみつは知っているが、源太夫は本間宗一郎だとは打ち明けていない。だからみつは自分の現在の夫が、藩主の命令で前の夫を斬らざるを得なかったのであれば、孤児となったその子を実の子として育てようと心に決めたのだろう。まさか自分が、幸司と花を得ることになるとは思いもしなかったはずだ。

龍彦がどことなく変なことに気付いたみつは、思いを巡らせた挙句《あげく》に、遊山の日にだれかに一目惚れし、恋患いに陥ったのではないかと結論したのである。

案外、中《あた》っているのではないだろうか。実の父に似て惚れっぽい質《たち》なのかもしれない。

宗一郎は武具番頭という地位であり、おそらくそれなりに金も自由にできたことだろう。それもあって、心を惹《ひ》かれた女に次々と手を出し、女誑《おんなたら》しになったと考えられなくもない。

龍彦にはその血が流れているのである。

だからと言って、父の嗜好《しこう》まで子に伝わるものだろうか。目が良いとか、肥満しやすいとか、唄や踊りが好きであるという、体質や気質が親から子に伝わることはよく知られている。

好色、と言ってしまえば言いすぎだろうが、龍彦に父親の血が流れていることは十分に考えられた。

いや、それは短絡《たんらく》にすぎるだろう。おなじ親の血を引きながら、兄弟がまるでちがうことも世間にはいくらでもある。

みつとの子である幸司は剣に才を示すようになって、源太夫の期待は徐々《じょじょ》に高まりつつある。ところが、ともよとの間に儲《もう》けた修一郎は、それらしさを片鱗《へんりん》も見せていない。

いや、そう言い切っていいものだろうか。修一郎は江戸から園瀬に帰った源太夫が、家族を顧《かえり》みずに剣と軍鶏だけに血道をあげるのを見て育った。そのために、身も心も強く父親を拒絶《きょぜつ》していたと考えられないだろうか。

剣を学び始めたとき、武士としてそれなりの腕にならねばと思いながらも、心は父の生き方に強い反発を感じていたのである。体は励もうとしても、心に縛られて自在に動いてくれない。これでは上達する道理がないではないか。

とすれば、それほど深刻に悩むことはないのである。

惚れっぽい。

いいではないか。人に迷惑を掛けないのであれば。むしろ惚れっぽく、いろいろと興味を示せば、それだけ世界を拡《ひろ》げることに繋がる。可能性が拡がるということでもあるのだ。

むしろ源太夫やみつが拘《こだわ》りすぎると、感じやすい年ごろでもあるので、敏感にそれを感得することが考えられる。だから親としては常に関心を抱き、注意深く見守りはするが、必要以上に深刻にはならぬことが肝要《かんよう》だ。

となると、それを形で示すべきではないだろうか、と源太夫は思ったのである。


「一体なにがあったのかしら」

「なにがだな」

「お気付きでしょう」

「だからなににに」

「龍彦が変なんですよ」

「変って、どう変なのだ」

「なんだかすっきりしてるのですよ。お気付きだと思っていましたが」

「すっきりしておるのであれば、なにも変ではないではないか」

「変わりようがおおきすぎますもの。昨日とはまるで別人のようです」

「あの年ごろは、程度に差がありはしても、右に左に揺れ動いているものだ。揺れがおおきくとも、自然と自分で釣りあいを取る。今回もそうだ。ただ、これまでより揺れが激しかっただけにすぎん」

「もしかして、片思いでなかったとわかったのかしら」

なぜそこに飛ぶのだ。まるで亭主の話を、聞いていなかったということではないか。

「どういうことだ」

「ですから相惚《あいぼ》れですよ」

源太夫はまじまじとみつを見た。

「どうなさいました」

「いや、これは驚いた」

「なにがですの」

「物凄いことを言ったが、一体どこで覚えたのだ」

「なにがおっしゃりたいの。なんだか変ですね」

「相惚れという言葉があることを、わしは五十五歳というこの齢まで、知らずに生きて来たのだ」

今度はみつが源太夫を、まじまじと見る番であった。鋭く、喰い入るような眼差《まなざ》しであったが、それがすっと和《やわ》らいだ。

「おからかいだったのですね。ということは龍彦と話しあったのですか」

勘の鋭い女で、なにがあったかを読み解いたらしい。

「話しあう？　なぜそんなことをせにゃならんのだ」

「ですが龍彦は」

「ひと言、釘を刺しておいたのだ」

みつは源太夫を凝視《ぎようし》した。

「さすが父親ですね。こういうときには、女の出番はありません。ですが、なんとおっしゃったのでしょう」

「一目惚れか恋患いか知らんが、十年早い。長崎遊学でちゃんとした成果を出せば、相手は黙って付いて来るが、そうでない者に靡《なび》きはせんぞ。目のまえのことに没頭するしかないのだ」

源太夫を見るみつの目が変わるのが、はっきりとわかるほどだった。

「それで吹っ切れて、あんなにすっきりしたのですね。やはり父親だと思います。女はとても太刀《たち》打ちできません」

「なに、母親は父親よりも偉大だ。母親の言葉があったからこそ、核心を衝くことが言えたのだからな」

「ともかく、これで安心しました。実のところどうしていいかわからずに、途方に暮れていましたから」

源太夫は龍彦の相惚れの相手まで突き止めていたのだが、それは言わぬことにした。

いつ切り出すべきかと機会をねらっていたが、龍彦と二人で話せなかったのである。常に家族のだれかがいたからだし、そうでなくともほとんど教習所ですごしているからだ。

源太夫は夕刻になって、散策にでも出るようにふらりと屋敷を出た。すぐ北側は調練の広場となっている。だだっ広い広場だが、片隅に木立《こだち》があった。教習所のある三の丸からは、西の丸を経て堀を渡り、調練の広場のまえを通ってもどるしかない。

「おう、もどったか」

たまたま行き合ったように龍彦に並んで歩きながら、源太夫は単刀直入に言った。

「遊山の日からどことなくぼんやりしておるが、まさかだれぞに、一目惚れした訳ではあるまいな」

龍彦は凝結《ぎょうけつ》でもしたように立ち止まってしまった。なにもかもお見通しだぞ、という顔で、源太夫は遊山の日に挨拶廻りをしたうち、年ごろの娘のいる家の名を矢継《やつ》ぎ早《ばや》に挙げた。そうしながら、龍彦の表情のわずかな変化も見逃すまいと、穴の開くほど目を凝《こ》らしたのである。

確信はなかったが、可能性はあると思って源太夫は鎌を掛けた。

「桜井《さくらい》家の美余《みよ》どのだな」

「ち、ちがいます」

「ちがうのか」とそこで源太夫は、大袈裟《おおげさ》に落胆して見せた。「それは父の思いちがいであったな。美余どのなら非の打ち所がない。龍彦にぴたりで、これほどの相手はいまいと思うたのだが」

「いえ。美余どのは」

間髪《かんはつ》を容《い》れず畳み掛けた。

「やはり、そうだったか」

「は、はい」

うっかり答えてしまったのだろう、龍彦はしまったという顔になった。

「いい人だ」

「……」

「だがそれは、遊学がすすむまでお預けだな」

「お預け、ですか」

「武蔵とおなじだ」

「いくらなんでも、ひどくないですか」

「長崎で学んで、これと言って成果を挙げられなんだ男に、だれが添いたいと思う」

「励みます。ひたすら励みます」

「いささか勘定《かんじょう》高くはあるが良しとしよう」

「父上にはかないません。身包《みぐる》み剝がされた感じです」

「どうだ。もやもやは消えたであろう。となると」

「あとは死力を尽くすだけです」

「信じておるが、むりはせぬようにな」

そう言ったとき、目のまえに岩倉家と岩倉道場の門が立っていた。源太夫と龍彦はゆっくりと門を入る。

武蔵が駆け寄って来たので、龍彦は屈《かが》んで頭を撫《な》でてやった。

「近ごろ寂しそうだが、武蔵は長崎行きに気付いたのではないのか」

「はい。犬にはわかるようです」

「ちゃんと話してやっただろうな」

「と申されますと」

「かなりのあいだいなくなるゆえ、餌は亀吉にもらうよう言っておけ。亀吉にも世話してくれるよう頼んでおくのだぞ」

龍彦は濠に近い柴折戸《しおりど》から母屋《おもや》に向かったが、源太夫は手前の柴折戸を押した。

亀吉が与えた餌を喰い終わっただろうから、軍鶏たちのようすを見ておこうと思ったのである。

藍《あい》と青

一

戸崎《とざき》喬之進《きようのしん》親子が岩倉《いわくら》家を訪れたのは、夜の六ツ半（七時）ごろであった。

「伸吉《しんきち》どのの入門についてだそうです」

表の八畳間に案内した幸司《こうじ》にそう言われ、源太夫《げんだゆう》が表座敷に向かうと、並んで坐《すわ》っていた親子が頭をさげた。小柄で痩《や》せている喬之進よりも、肩幅もあり胸も厚い息子のほうがよほど堂々としている。どうやら母親の血を濃く受け継いだらしい。

坐っていてもわかるが、伸吉は十四歳の幸司と変わらぬ背丈がありそうだ。源太夫は頭の裡《うち》で素早く計算したものの、伸吉の年齢が出せぬうちに喬之進に話し掛けられた。

「本日伺《うかが》ったのはほかでもないが、倅《せがれ》の入門を願いたく」

「わが岩倉道場は、藩士およびその子弟を教導するために御前さまより賜《たま》わりしものなれば、当然お引き受けいたす。ゆえに」と、源太夫は菓子折にちらりと目をくれた。「このような心遣《こころづか》いは」

「ほんの気持ばかりで」

喬之進がぼそりと言うのを待って、源太夫は伸吉に目を移した。

「何歳に相《あい》なられた」

「十二歳になりました」

背筋を伸ばした伸吉はまっすぐに源太夫の目を見て、はきはきした口調で答えた。

湯呑茶碗《ゆのみぢゃわん》を載せた盆を掲《かか》げて現れた幸司が、喬之進と伸吉、そして源太夫のまえに茶碗を置くと一礼してさがった。

「もう十二歳におなりか。月日の経《た》つのは早うござるな」

「まことに」

そう言った喬之進の塩垂《しおた》れたさまに、源太夫は「騏驎《きりん》も老いては駑馬《どば》に劣る」との一節を思わずにはいられなかった。

白髪《しらが》が増えたこともあるが、猫背気味《ねこぜ》の喬之進には、鋭い剣捌《けんさば》きで一瞬にして相手を打ち負かす遣い手だった往年の面影《おもかげ》は、微塵《みじん》も窺《うかが》えない。

いや、待てよ。それだけはっきり変わったと言い切れるだろうか。

たしかに頭髪には白いものが多くなり、猫背の度は増しているが、醸《かも》し出す雰囲気、どことなくくすんだような覇気《はき》のなさは、さほど変わっているとは思えない。喬之進は若いころから年寄りじみていたのである。見た目には老いてしぼんだと映るが、本質は外見ほど変化していないのかもしれない。

とは言うものの、一見した源太夫が塩垂れたと感じたくらいだから、ほかの者にはその思いはさらに強いことだろう。人は見た目で判断するため、今の喬之進を見ればだれだって老いた、衰《おとろ》えたと思うはずである。

——外見だけだとしても、これはこれでやはり三驚《さんきよう》というべきであろうな。

非常に驚くことを「一驚する」と言うが、最近ある出来事があってから、「園《その》瀬《せ》の三驚」との言い廻《まわ》しが話題に上《のぼ》ることが多くなっていた。

三驚の中で一番新しい、というより三驚の言葉を生んだのは、中老芦原讃岐《あしはらさぬき》の家士《かし》であった東野才二郎《とうのさいじろう》である。中老の遣いで江戸に出たが、なんと旗本の娘を妻として園瀬にもどったのだ。正しくは江戸で仮祝言《かりしゆうげん》を挙げ、こちらで挙式したのである。

園瀬の里はその話で持ち切りになった。なぜなら藩士の家来、つまり陪臣《ばいしん》の身で直参《じきさん》旗本の娘を妻にできたのが、にわかには信じられなかったからだろう。

ところがそれだけで終わらなかった。文武に秀《ひい》でて若き藩士の模範になったとの理由で、園瀬にもどるのを待っていたように、父の代で廃されていた東野家の再興が許されたのだ。その折、才二郎は父の名弥一兵衛《やいちべえ》を継いでいる。領民、特に藩士にとってはたいへんな驚きで迎えられたのだ。

南国の平穏《へいおん》な藩は、その出来事にちょっとした騒ぎとなった。

これがきっかけになって、かつて藩中で騒がれた驚くべき出来事が、洗い直されることになったのだからおもしろい。それだけ平穏でのどかということだろう。

三驚の一番目の主役は、田貝猪三郎信定《たがいいさぶろうのぶさだ》である。

猪三郎は二十代の半《なか》ばというのに、園瀬に五人、江戸に二人いる用人のうちの一人で、家格は中老格であった。田貝家は、家老、家老が病気や怪我《けが》で休務の場合に代理を務める裁許《さいきょ》奉行、藩主側近筆頭別格の側用人《そばようにん》などを輩出した由緒《ゆいしょ》ある家柄だ。

猪三郎は聡明なだけでなく、槍術《そうじゅつ》、剣術、馬術に秀でており、近い将来、家老になるだろうと噂《うわさ》されていた。情熱家で、奏者役小林友右衛門《こばやしともえもん》の三女で美人の誉《ほま》れ高い文《ふみ》を、五人の若侍との争奪戦の末に射止めたことで一気に名を高めた。

年ごろの娘はほとんどの場合、父親の上役や友人知人、親戚などの口利きで、早くから嫁《とつ》ぎ先が内定しているものだ。ところが文に関しては、どうやら決まっていないらしいとのことであった。

文を溺愛《できあい》するあまり、父の友右衛門は話があっても、娘が厭《いや》だと言えば断っているとの噂が、まことしやかに囁《ささや》かれていた。であればと何人もの若侍が名乗りをあげたが、文の選んだのは猪三郎《ぐさ》である。

のどかな園瀬の里で、長く語り種になったほどの事件として知られていた。

三驚のもう一つの主役が戸崎喬之進である。園瀬の民《たみ》は考えられぬほどの落差に、まさに驚嘆《きようたん》した。早いもので、ひと昔以上もまえの出来事である。

面倒見のよい大納戸《おおなんど》奉行の須走《すばしり》兵馬《ひようま》は、三十七歳という若さで六組もの仲人《なこうど》を務めていた。また仲人は他人にまかせたものの、縁を結んだ実績を数多く持っている。親同士の口約束や上役のひと言で縁組が決まることが多いだけに、これは異例の数字と言っていいだろう。

ある日の酒席でだれかが言った。

「いかに兵馬といえども、どのような男と女でもくっつけるという訳にはゆくまい。できぬこともあろうな」

「これは無礼だ、聞き捨てならぬ」

笑いながら言ったひと言が、瓢簞《ひょうたん》から駒の珍事を招いた。

酔った勢いもあって、友人たちがしきりとけしかけたのである。そして、「見あげた心意気だが、あまり強がりは言わぬがよいのではないか」との露骨な挑《ちょう》発《はっ》に、「ま、おれにできぬことはあるまい」と、兵馬は弾《はず》みで豪語してしまったのだ。

相手はさらに兵馬を追いこんだ末に、意地悪く「撤回《てっかい》すれば、忘れてやってもいいぞ」と言った。

「おれにできぬことはない。で、どのような組み合わせだ」

「藩きっての小男と大女」

「侘助《わびすけ》と多恵《たえ》どのをか」

考えたこともなかった組み合わせに、兵馬は絶句した。それから、ふふふと含み笑いをし、やがて肩を震わせながら声に出して笑うと、部屋中の者が爆笑した。ひとしきり笑ってから、兵馬は鬚《ひげ》の伸び始めた顎《あご》を撫《な》でた。

「しかし、できぬであろうと言われて、さようと答えるのは業腹《ごうはら》であるな」

佗助は弓組戸崎喬之進の幼名だが、面と向かってはともかく、本人の姿が見えぬところで喬之進と呼ぶ者はまずいない。貧弱な体や風采《ふうさい》のあがらぬ顔貌《かおかたち》が、どうしても名前と結び付かないからである。

喬之進は四尺六寸（一・四メートル弱）と背丈がない上に痩せていて顔も細く、見栄《みば》えがしないことははなはだしい。貧相という言葉でだれもが思い浮かべるのが佗助、いや喬之進であった。名は体を表すと言うが、喬之進では名前負けしてしまう。佗助ほどふさわしい名は、考えられなかった。

一方の多恵は、五尺六寸（約一・七メートル）とおおきい。鉄砲組大岡《おおおか》家の長女だが、二人の兄に負けぬ体格の持ち主であった。ほっそりしておればそれほど目立たないが、まず立派としか言いようのない幅と厚みがあったし、胸もおおきければ、腰もどっしりしている。

喬之進は三十二歳で多恵は二十七歳だから、婚期はとっくに過ぎていた。有《あ》り体《てい》に言えば喬之進には嫁の来手がなく、多恵は縁談を何度か断ったこともあって売れ残ったのである。

須走兵馬が喬之進との話を持ちこんだとき、父親は門前払いを喰わせたいほど憤慨《ふんがい》した。しかし相手が大納戸奉行なのでぐっと抑えて、「ありがたいお申し出ではござるが、一応、娘の気持も聞いてみませぬことには」と言った。多恵が貧相の同義語のような喬之進との縁談など、洟《はな》もひっかけないだろうと確信していたからだ。

ところが多恵は、自分から望んで喬之進の妻となったのである。

梅見を口実に兵馬が二人を秘かに屋敷に呼んで会わせたので、多恵には喬之進の人柄がわかっていた。この人は、少々のことには動じないだけの胆《たん》が据《す》わっている。いつでも死ねる覚悟ができている、見掛けとはおおちがいの人だと内心驚いたのだ。

一尺（約三〇センチメートル）も背丈のちがう蚤《のみ》の夫婦の誕生に、園瀬の里は沸きに沸いた。しかもだれもが羨《うらや》むほど、夫婦仲がよかったのである。

それがおもしろくない男がいた。

馬廻組《うままわりぐみ》の酒井洋之介《さかいようのすけ》は負けず嫌いな男であった。多恵に婚儀を申し入れて断られたことがある。馬廻組の組頭の次女を妻女にして間もなく小頭となり、三十歳にして三人の子持ちであった。

自分を振った多恵が風采のあがらぬ喬之進を選んだとなると、どうにも腹の虫が納まらない。剣の遣い手を自認していた洋之介は、小男で貧弱な喬之進を頭から馬鹿にして、ことあるごとに侮辱《ぶじょく》的な言葉を投げつけた。

「蚤の婿《むこ》どの、お元気でなによりだな」

ほとんどがその程度の皮肉なので喬之進は無視していたが、それがさらに洋之介を腹立たしくさせるらしかった。何人もがいるところで、夜の営みに関する罵《ば》詈《り》を浴びせられた喬之進は、さすがに捨て置けず果たしあいを申し入れた。

三日後の七ツ半（午前五時）に並木《なみき》の馬場《ばば》で、防具なしの木剣でと決まったが、その立会人となったのが源太夫である。

試合当日。

二人は大小を介添人《かいぞえにん》に預けると、襷《たすき》を掛けて鉢巻を締めた。袴《はかま》の股立《ももだ》ちを取ると、木剣を手に向きあったのである。そして勝負が開始されたが、力量に差がありすぎた。

洋之介は右に左に、上から下からと、ひっきりなしに木太刀を繰り出したが、喬之進はそのすべてをわずかな間合いで躱《かわ》し、撥《は》ね除《の》けてゆく。洋之介の一方的な撃ちこみを楽々と避けながら喬之進はさがらず、常に一撃で相手を倒せる間あいを保《たも》っていた。

洋之介が不意に立ち止まったが、その顔は上気して真っ赤になり、息は荒く、肩がおおきく上下していた。

「なぜ、男らしく堂々と立ちあわんのだ」

「わからぬか。これだけ力に差があっては無意味だ」

「差だと？　ただ逃げておるだけで、おおきな口を叩くな」

「現にわしを打てぬではないか」

「ほざけ！」

　叫ぶなり激しく払うと、剣先は喬之進の袴の裾《すそ》を叩いて派手な音を立てたが、
洋之介は脇を押さえて膝《ひざ》を突いていた。

「勝負あった」

　源太夫が喬之進に手を挙げたので、洋之介は呶声《どせい》を発した。

「相撃ちだ！」

「真剣なら脾腹《ひばら》を裂かれて絶命しておる」

　喬之進が息も乱さずに言うと、洋之介は激昂《げっこう》した。

「では、真剣でこい！」

「真剣なら死んでいたのがわからぬか」

「恐いのだな、卑怯者《ひきょうもの》めが」

「それほど申すなら、お受けいたす」

洋之介と喬之進は介添人に木剣を渡すと、大小を受け取って手挟《たばさ》んだ。

二度目の勝負は一瞬にしてついた。

洋之介は大刀を抜いたが、喬之進は両手を垂らしたままだった。洋之介が激しい突きを入れたがその先に喬之進の姿はなく、洋之介は地面に腹這《はらば》っていたのである。

首を捻《ひね》って背後を見ると、抜き身をさげた喬之進が静かに見おろしていた。

そして地面には髷《まげ》が落ちている。

洋之介が突き出すと同時に喬之進は大地を蹴り、その瞬間には刀を抜き放っていた。洋之介の右肩を力まかせに蹴りつけると髷を切り落とし、反動を利用して空中で向きを変えたのである。着地したときには洋之介の背後に立っていた。

「勝負あった」

鋭《するど》く叫んで、源太夫が割って入った。洋之介はよろよろと立ちあがったが、焦点《しょうてん》のあわぬ目をしていた。源太夫には見えた飛燕《ひえん》の早業《はやわざ》が、洋之介にはまるで見えなかったのだろう。

喬之進は源太夫とともに組頭に報告し、その足で目付の屋敷に向かった。木剣試合ならともかく、真剣で相対した以上、裁きを受けねばならない。

源太夫の報告によって、戸崎喬之進は咎《とが》めを受けずにすんだ。一方の酒井洋之介は、髷を切られたことを恥じてか出奔《しゅっぽん》したのである。

喬之進と多恵は翌年女児を得、さらに次の年には待望の男児が生まれている。

それが伸吉であった。

「わざわざ入門せずとも、相当な力をお持ちだとお見受けしたが」

表座敷で親子の挨拶《あいさつ》を受けながら、源太夫が伸吉から感じたのがそれであった。

骨格がしっかりし、筋肉はいかにも柔軟《じゅうなん》そうである。身のこなしや表情の微妙な変化、ときおり見せる目の配りから、源太夫は伸吉の腕がかなりなものだと見抜いていた。

「手ほどきはしたものの、それがしの指南には限度があるでな」

「限度、とは」

「それがしには欠けたものが多すぎるゆえ、それを補う、というか誤魔化《ごまか》す、己《おの》が弱みを気付かれぬことに腐心してまいった。相手の弱点を見抜き、瞬時に勝負をつける以外に勝機を見出せぬゆえ、体格と体力が劣《おと》るため、長引けばそれだけ不利になる。喬之進が相手を負かすには、一撃で倒すことに徹するしかなかったのである。

「それこそ勝負の要諦《ようてい》であろう」

喬之進はうなずいたが、すぐに首を横に振った。

「倅は体も恵まれておるので、それがしの流儀でこぢんまり納まっては、持っておる能力を発揮できずに終わってしまう。人は自分にあった戦い方を身に付けねばならぬ。ゆえに岩倉どのに、倅が秘めておるであろう能力を引き出してもらえれば」

じっと見据えて喬之進はそう言った。

「わかり申した」と父に、続いて息子に源太夫は言った。「道場は夜明けとともに門を開けるが、新入りはそのまえに来て道場の床を拭《ふ》き清めるのが決まりだ。このように言い伝えられていてな、技を磨《みが》くまえに心を磨け」

源太夫の言葉に透かさず伸吉が続けた。

「心を磨くまえに床を磨け、ですね」

源太夫がちらりと目をくれたが、喬之進は素知《そし》らぬ顔をして、あらぬ方を見ている。

「技を磨くまえに心を磨け、心を磨くまえに床を磨け」は、源太夫や喬之進の師匠であった日向主水《ひゅうがもんど》の口癖であった。主水は唱えるだけでなく、弟子たちに徹底させたのである。

「よろしい。いつから来られる」

頬《ほお》を輝かせると仲吉は意気込んで言った。

「いつからでも。今からでも大丈夫です」

若い者はこれくらいでなければと思いながら、源太夫は微苦笑《にがわらい》を浮かべた。

「では明日」

「よろしくお願い致します」

息子の仲吉が深々と頭をさげると、父親の喬之進も負けぬほど深くお辞儀をした。

二

「仲吉どのはかなり遣えるようですね」

親子を送り出した源太夫が居間にもどり、みつに茶を命じると、幸司がやって来て坐りながらそう言った。

仲吉が岩倉道場へ来たのは、今日が初めてである。

二人を表座敷に案内し、茶を出しただけだが、仲吉の体や身のこなしを見て幸司なりになにかを感じたらしい。どこをどのように見たかは知らないが、見ただけでそれを看取《かんしゅ》したとなると、少しは腕をあげたということだろう。

「なぜにそう言える」

「弓組の組屋敷の者に聞きました。庭で相当に励《はげ》んでいるとのことです。素振りや型を飽きずに繰り返しているそうですが、ときに親子で手合わせを」

そういうことかと、いくらか落胆した。秘かに励んでいるのを見た組屋敷の者から、なにかの折に聞いたということで、幸司が仲吉を見て感じたことではないのだ。組屋敷の者の力量がわからなければ、その者が目撃した話など無意味である。

源太夫が黙ったままなので、やがて幸司が口を切った。

「その者が訊《き》いたそうです、なぜ岩倉道場に通わぬのだ、と。おなじ年ごろの者と励むほうが、よほど技が磨けるのではないかと」

「で」

源太夫が思わず訊いてしまったのは、背後に喬之進の考えがあってのことだと思ったからだ。

「父親、つまり喬之進どのに言われたからだそうです」

思ったとおりだが、源太夫は黙って先をうながす。

「いい加減な力のままで通っては、中途半端になってしまうからだと」

「どういうことかは訊かなんだのか」

「訊きましたとも。なぜ中途半端になるか、知りたかったですから」

みつが盆に湯呑茶碗を載せて来たが、父子が重要な話をしていると察したのだろう、そっと置くと姿を消した。

茶を喫《きっ》する。時刻を考えてだろう、みつは薄めに淹《い》れていた。

「自分の力がいい加減なまま岩倉道場に入門すると、多くの弟子に揉《も》まれているうちに、なし崩しに大切なものを見失う可能性がある。なにも摑《つか》めないままに終わっては、元も子もない。名札が最上段に掛けられるくらいの力で入門しないと、潰《つぶ》されてしまう、そう言われたそうです」

源太夫はうなずいた。

「さすが戸崎どのだ。ということは、伸吉は満を持して入門したということになる」

「早く手合わせしたいです」

「であろう。そう思う者は多かろうが、それ以上に伸吉がな」

「いかなる剣を使うのでしょう」

「対すればわかる」

「喬之進どのはどのような戦い方を」

「本人の申したとおりだ。小柄ゆえ長引けば不利になる。瞬時に勝負を決するよう技を磨いたと言っておった」

「伸吉どのもやはり」

「自分にあった戦い方を、身に付けておるだろう。名札が最上段に掛けられる力になったゆえ、喬之進どのは息子を入門させたということだ。楽しみが増えたな」

源太夫の言葉に幸司はうなずき、就寝《しゅうしん》の挨拶をして寝部屋にさがった。

翌朝、一番に姿を見せたのは伸吉である。

源太夫は庭に出した床几《しょうぎ》に腰をおろし、唐丸籠《とうまるかご》の中の軍鶏《しゃも》を見ていた。権助《ごんすけ》もおなじように床几に坐っていたが、亀吉《かめきち》の姿は見えない。餌《えさ》を喰い終わった軍鶏たちを唐丸籠に入れて庭に移し、鶏舎の水洗いをしているのである。こまめに掃除しないと、鶏糞の臭いが鼻に纏《まと》わり付くようになるからだ。

その朝は、伸吉が来るのを知っている幸司が、いつもより早く起きて庭に出ていた。

「おはようございます」

「おはよう」

若い二人は姿を認めるなり、同時に挨拶をした。源太夫は軽く会釈《えしゃく》するに止《とど》める。

伸吉は面、籠手《こて》、胴と稽古着《けいこぎ》を入れ、竹刀《しない》を通した袋を背負っていた。

源太夫は二人の先に立って道場に入った。ちらりと見たが、伸吉は十四歳としては背丈のある幸司と、ほとんど変わらない。

「そこで着替える」と、源太夫は控室を顎でしゃくった。「着替えるまえに、荷物を置いて付いてまいれ」

板敷の稽古場に入ると、源太夫は正面を示した。

「まず神棚を拝《おが》む。次に道場訓を唱える」

神棚の下に貼り出された道場訓は、冒頭の「礼節を以《もっ》て旨《むね》とすべし」に始まり、「私闘に走りし者は理由の如何《いかん》に拘《かかわ》らず破門に処す」まで十三項目ある。

「心の裡で唱えてもよいが、声に出したほうが肚《はら》が据わるだろう」

「はい」

続いて源太夫は、道場に入ってすぐ右の壁際に伸吉を連れて行った。

「名札掛けは一段に三十五名となっておる」

道場開きのおりには年少組をいれても二段の半《なか》ばに達していなかったが、今では三段でも納まらずに、四段の途中までびっしりと埋まっている。

伸吉を左端に連れて行くと、源太夫は前日に用意しておいた一枚を懐《ふところ》から取り出した。片面に黒字、裏面に赤字で、それぞれ戸崎伸吉と記《しる》されている。

最下段の四段目の終わりから三枚分を開けて、新入りの名札が何枚か掛けられていた。源太夫は伸吉に名札を渡すと最後尾を示した。

「そこがおまえの場だ。岩倉道場では二月と八月の年二回、わしの判断で名札を並べ替える。どうだ、四段目の左端から、八月の入れ替えで最上段に跳びあがろうとは思わぬか。まだ一人として成した者はおらぬがな」

「やる以上はやります」

「やる以上はやります、とは頼もしい」

源太夫が伸吉の視線の先を追うと、一段目の中ほどを凝視《ぎょうし》している。そこには岩倉幸司の名札があった。

「ともかく八月まではそこで辛抱《しんぼう》しろ。朝、道場に入ると裏返して黒字とする。帰るときはその逆だ」

伸吉はうなずいて、最後の釘《くぎ》に黒字を表にして名札を掛けた。

「よし」

源太夫がそう言うと、幸司があとを引き受けた。

「では着替えて、拭き掃除からいっしょにやろう。心配するな、教えてやるから」

「お願いします。ですが」と、伸吉は信じられぬという顔になった。「幸司どのは新入りではないのでしょう。なのに掃除をなさるのですか」

「幸司でよいぞ。道場仲間だからな。それに驚かれるほどのことではない。稽古まえの体慣らしに、掃除はちょうどよいのだ。ほかの弟子のように通わなくてよいのだから、掃除くらいしなくてはな」

話しながら二人は控室に消えた。教えるのは弟子が揃《そろ》ってからなので、源太夫は屋外に出た。

道場では親子ではなくて師匠と弟子を通していても、幸司が道場主の息子であることはだれもが知っている。その幸司が率先《そっせん》して雑巾《ぞうきん》で道場の床を拭き清めるのだから、ほかの弟子も手を抜くことができない。

体ができてからと思っていたが、幸司のたっての願いで、源太夫は六歳で年少組に入れた。もっとも入門させはしたものの、九歳になるまでは稽古らしい稽古を付けるつもりはなかった。体が十分にできていないのにむりをさせると、往々にして悪い結果を招くことが多いからだ。

八歳から稽古を付け始めたのは、思ったよりも早くそれらしい体になったからであった。

六歳で入門した幸司は現在十四歳、来年で十年目だ。十五歳になれば掃除は免除してもいいのだが、本人は続けるだろうと源太夫は思っている。

師匠の日向主水とおなじく源太夫も、「技を磨くまえに心を磨け、心を磨くまえに床を磨け」を、ことあるごとに繰り返す。幸司はどうやらそれを、身をもって示そうとしているらしい。

やがては自分が岩倉道場を引き継ぐ、いや引き継がねばならないとの自覚が芽生えたのだろうか。であればよいのだがと、ふと源太夫は思うことがある。同時に、あまり期待しないことだと自分に言い聞かせもするのであった。

ところで仲吉だが、父親の喬之進が教えているとのことなので、どの程度できるか見ることにした。まず体の開き、足の運びなどの基本を見るため、さまざまな素振りをやらせてみたのである。

「上下素振り」

源太夫が声を掛けると仲吉は、竹刀を尻に当たるまでおおきく振りかぶり、爪《つま》先《さき》のまえまで振りおろし、それを繰り返した。

この稽古は、竹刀の正しい軌道《きどう》を体に覚えこませることと、肩甲骨《けんこうこつ》を働かせる範囲を広くする目的でおこなう。どうしても右手に力が入るため、竹刀の軌道が右側にずれてしまうのだが、仲吉はぶれることがない。

喬之進が口を酸《す》っぱくして教えこんだはずだと思っていたが、源太夫の読みのとおりであった。しばらく見てから中断させると、源太夫は弟子たちに声を掛けた。

「みんな、稽古をやめて集まれ。新入りの戸崎仲吉だが、実に見事な、見本のような素振りを身に付けておる。今後の稽古のためにもよく見ておくように」と、弟子たちに言ってから源太夫はうながした。「よし、伸吉。もう一度、上下素振りをやれ」

伸吉は寸分の狂いなくおなじ動作を繰り返した。竹刀が尻を打つまで目いっぱいに振りかぶり、続いて打ちおろすのだが、肘《ひじ》が伸び切る瞬間に、曲げていた手首を一気に伸ばすのである。力を溜めて、それを解き放つことにより、相手に対する打撃が何倍も強くなるからであった。

伸吉に素振りをさせながら、源太夫は注意点や、その稽古の効能などを弟子たちに解説した。

説明してもあまり意味がないのはわかっていた。結局は飽きずに繰り返すことで、徹底して体に覚えこませるしかないのである。ただし理に適《かな》った動きでないと意味がない。

だがそれをやりながら、あるいは迷ったときに、説明を思い出すこともあるだろう。自分が修得した時点で、突然、源太夫の言ったことが腑《ふ》に落ちることもあるのだ。それでいいと思うのである。

「次は前進後退正面素振り」

しばしの間を取ってから、伸吉は次の動作に入った。前進しながら面打ち、後退しながら面打ちの反復だ。もっとも一般的な素振りだが、振りの正確さと打突の感覚を身に付けるための、基本となる素振りである。

「よかろう。では左右面素振り」

前進するとき右斜めまえ四十五度に振りおろし、後退するときその軌道を辿《たど》ってもどし、今度は左斜め四十五度に振りおろす。

「この素振りは、手首をしっかりと返すことにより、正しい刃筋で打突できるようになるためにおこなう。手首のやわらかさがなくては、精確な攻めも守りもできない。手首の返し方をよく見ておくように」

伸吉は狂いのない素振りを繰り返す。

「よし。では、跳躍《ちょうやく》素振りを」

左足で蹴ってまえに跳び面、続いて右足をうしろに蹴り出して、一歩跳びながら振りかぶり、ふたたびまえに跳んで面、伸吉はこれを繰り返した。

「いいか、みんな。これは見事な手本だ。目に焼き付けておくように。よし、伸吉、ご苦労だった」

仲吉は竹刀を左手に持ち直すと、源太夫に一礼した。

汗を掻《か》いていなければ、息が弾むこともない。喬之進が源太夫のもとに送りこんだだけあって、想像以上に仲吉は仕上がっていた。となると、ちゃんと育てなければ喬之進の期待を裏切ることになる。

源太夫が弟子たちに見本として見せたこともあり、また、年齢よりおおきく立派な体格をしていることや、動作が落ち着いて堂々としているためだろう、新入りの仲吉は初日から一目《いちもく》置かれる存在となったのである。

ところで腕前なのだが、それがどうにも不可解でならなかった。

三

幸司が組屋敷の者に聞いたところでは、喬之進は仲吉の名札を最上段に掛けられると見ているらしい。

源太夫はようすを見るため、二段目の末尾辺りの弟子と手合わせさせてみた。中ほどより少し下という見当である。

仲吉が勝ったのだが、圧勝どころか辛《かろ》うじてであった。

少し迷いはしたが、源太夫はそれよりわずかに上と思える弟子とやらせてみた。伸吉は勝つには勝ったがやはり辛勝《しんしょう》で、これでは上段に名札を進められそうにない。

だが、それだけで断定していいものだろうか、と思う気持もあった。師匠の日向主水に言われたことを、源太夫は思い出したからである。

主水はこう言った。

「真に強い者は圧勝しない」

真に強ければ圧勝して当然ではないか、と若き日の源太夫は思ったが、今にして思えばやはりわかっていなかったのである。

源太夫の不審そうな顔を見て主水は続けた。

「大勝、圧勝する者は、大敗、惨敗《ざんぱい》することもある。真に強い者は、常に勝つというより常に負けないのだ」

「わかったような、わからないような」

それが若き日の源太夫の、正直な気持であった。

「よいか新八郎《しんぱちろう》」と、主水は源太夫を当時の名で呼んだ。「全力を尽くし、辛うじて勝ったところに、おなじ力量の第二の敵が現れたらどうなる」

「勝つのは至難でしょうね」

そう答えはしたものの、まだ十代であった源太夫には、主水の言うことがよくわからなかったのである。

そういうことだったのか、と気付いたのは軍鶏を飼いだしてからだ。まさに主水の言ったとおりであった。

鶏合《とりあ》わせ(闘鶏)ではごく稀《まれ》にだが、両脚内側の蹴爪《けづめ》が敵手《あいて》の顳顬《こめかみ》を挟み付けるように直撃して即死させることがある。いわゆる蹴殺《けころ》しだが、滅多《めった》に見られることはない。

軍鶏は雄鶏《おんどり》の闘争心を徹底的に引き出すことで、戦うだけの喧嘩《けんか》鶏に改良されたと言われている。そのため相手が死ぬか逃走、でなければ戦意を失くして蹲《うずくま》る、あるいは悲鳴をあげるまで闘い続けるのだ。ゆえに人は興奮するし、賭《か》けの対象にもなった。

闘鶏で二羽を闘わせる場合、次のようにして勝敗を決める。

強い甲《こう》に対して弱い乙《おつ》がどれだけ持ち堪《こた》えるかだが、それを線香の燃え具合で決めた。燃え尽きるまで四半刻《しはんとき》(約三〇分)を要する線香を用《もち》い、一本、一本半(約四五分)、二本(約六〇分)、三分の二(約二〇分)、半分(約一五分)、三分の一（約一〇分）を、飼い主同士の話しあいで決めるのだ。

例えば一本と決めたとしよう。四半刻以内で甲が倒すなり乙が戦意を喪《うしな》えば甲の勝ちだが、それをすぎても闘っていれば乙の勝ちとなる。

江戸勤番を終えた源太夫が軍鶏の雛《ひな》を連れて園瀬にもどったのは、ある旗本屋敷で鶏合わせを見て、軍鶏たちの繰り出す技の多彩さに魅《み》せられたからであった。その闘い振りから閃《ひらめ》いて秘剣「蹴殺し」を編み出したこともあるが、なによりも人を人とも思わぬ軍鶏の面魂《つらだましい》に惚《ほ》れてしまったのだ。

やがて軍鶏を育てて、狭い庭で鶏合わせをやらせるようになった。

勝負が決するまで闘う軍鶏たちには心を躍《おど》らされたが、そのうちにすべての軍鶏が、常に死力を尽くして闘い続ける訳ではないことに気付いた。

鶏合わせでは、蹴りあい、鋭い嘴《くちばし》で突きあうため、羽毛が飛び散る。夏の終わりの換羽《かんう》期になるまえには、ほとんどの軍鶏の頸《くび》や胸前の羽毛は抜け落ちて、ブツブツと毛穴が剝《む》き出しになっていた。

ところが一部ではあるが、短時間で相手を倒すために、自分の羽毛を損《そこ》なわない軍鶏がいる。

源太夫を軍鶏の虜《とりこ》にした大身旗本《たいしん》は、「強い軍鶏は美しく、美しい軍鶏は強い」と言ったが、まさに名言だと思う。

　やがて源太夫は、それだけではないことがわかった。ごく稀にだが、相手を短時間で負かすでなく、常に圧倒して有利に勝負を進めるでもないのに、終わってみるといつも勝っている軍鶏がいる。当然だが羽毛を損ねることはほとんどない。

　頸の羽毛は蓑毛《みのげ》と呼ばれるが、細くて長く、金属光沢《こうたく》を放っている。色も紫、青、緑、茶、白、黒などが入り混じって多彩で、そこに陽光が当たると輝いてさらに美麗《びれい》になった。揺れ動いて重なりあうことで、微妙で多彩な色を見せ、しかもそれが絶えず変化するからだ。

　なぜ換羽期になっても美しい蓑毛を維持していられるのかがふしぎで、源太夫は闘い振りを念入りに見たものであった。

　そしてわかったのは、その種の軍鶏は相手に攻めに攻めさせるのである。しかも攻めを徹底して躱し続けるのだ。自分から攻撃することはなく、相手を疲労困《こん》憊《ぱい》させるのが手口であった。

　真《ま》っ向《こう》から激突しないので羽毛は抜け散らないし、攻撃しないために体力を温存できるということだ。

そのためには、敵の蹴りや嘴を躱し続けねばならないのである。力が一枚も二枚も上でないとできることではない。

ころは良しと見て、攻め疲れて余力のない敵に襲い掛かろうとすると、守りも躱しもできぬために相手は蹲ってしまう。闘い疲れ、逃げることすらできないのである。

勝負あった、ということだ。

そのため真に強い軍鶏は、敵手を叩きのめすことなく、力を温存したまま勝負を終えられる。

それがわかったとき、源太夫は思わず唸《うな》ってしまった。なぜなら、主水の言った「真に強い者は圧勝しない」の意味が、初めてわかったからである。

意味がわかりはしたものの、わからないのは、なぜそのような闘い方をする軍鶏がいるのか、ということであった。

あるいはと思った源太夫は、亀吉に任せるまで、ずっと軍鶏の世話をしてきた権助に訊いてみた。

かなり考えてから忠実な下男は言った。

「真に強い者は圧勝しない、と破門先生はおっしゃったのですね」

破門先生とは、源太夫の師匠である日向主水の渾名《あだな》である。

「力を出し尽くして勝ったところに、おなじような力の敵が現れたらどうなる、ともですね」

源太夫がうなずくと、権助もうなずいた。

「強い軍鶏はどんなことがあっても、負けることが許されないからでございますよ」

「先生は軍鶏のことをおっしゃったのではないのだ。わしがそれを聞いたのは十代の、軍鶏や鶏合わせを知らぬころだからな」

「真剣に闘うことに関しては、人も軍鶏もおなじではありませんか」

「人と軍鶏を同列に扱うのか、権助は」

「大勝、圧勝する者は、大敗、惨敗することもある。そうおっしゃったのでしょう。真に強い者は、常に勝つというより常に負けないのだ、とも」

「ああ」

「であれば、軍鶏だけではございませんよ」

「軍鶏だけでない、と言うと」

「生き物の雄はすべて、そうではないでしょうか」

「生き物の雄はすべて、か」

鸚鵡返《おうむがえ》しになっていることに、源太夫は気付きもしなかった。かれにとってはまるで禅問答《ぜんもんどう》である。

「山猟師に聞いたことがありますが」

源太夫は思わず権助の顔を見た。この下男はどこで仕入れたのか、ときどき驚くようなことを言い出すことがあった。

「狼《おおかみ》は群を作って生きているそうですね」

こうなると源太夫は、黙って拝聴《はいちょう》するしかない。それにしても、この男はなにが言いたいのだろう。

「なんでも親玉が、十匹前後の群を率《ひき》いているそうでございます。野良犬も群を作りますが、犬と狼は親戚関係にあるそうでしてね。狼を飼い馴らしたのが犬だ、と言う人もいます」

権助によると狼の群は、親玉以外はすべて雌《めす》とその仔で、若い雄は成長すると群から追い出されるそうだ。親玉は群の雌のすべてと番《つが》い、自分の子孫を少しでも多く残すことに全力を尽くす。だがその座は、群に入れてもらえぬ若い雄たちに常に狙われている。

「鶏合わせは土俵で闘わせますので、敵は常に一羽です」

二枚の莚《むしろ》を縦に繋《つな》いで丸い円を造り、それを立てて土俵とし、その中で闘わせるのである。

「ですから敵に勝てば勝負は終わりです。ところが狼に土俵はありません。そのため、おのれが強いことを見せ付けて、若いのを追い払います。全力で咬《か》みあい、長い喧嘩の末に勝ったとしましょう」

「そういうことか。力を出し切ったところに二匹目が挑んで来たら、親玉の座を奪われかねんということだな」

「座を守るためには、常に力を残しておかねばならぬということです」

「となればその軍鶏はなぜ、相手が疲れ切るまで攻めさせ、なるべく力を使わずに勝つ戦法を採るのだ。最初から全力を出し切れば、わずかな間で倒せるのだ。躱し続けたとしても長引けば、それなりに疲れるであろう」

「土俵は人が作ったものでございますよ」

「わかり切ったことを申すな」

「軍鶏の先祖は野鶏と言うそうです」

「ヤケイ? なんだそれは」

「人が飼って馴らすまでは、鶏は野や山に住んでいたそうでございますね」

「野や山の鶏で野鶏、か」

「ということは狼とおなじでございますよ」

「つまり一羽を倒しても、二羽目にそなえねばならんということだな」と、思わず源太夫は唸った。「野鶏らしさを色濃く残している軍鶏には、土俵はないもおなじということか」

「そういうことでないでしょうかね」

つまり野性の敏捷《びんしょう》さを強く保っているため、敵の攻撃を躱し続けられるし、自分は余力を残したまま勝てるのではないか、と権助は言いたいのである。

言われてみればそのとおりかもしれない。

とすれば源太夫は、三人の男からべつべつに、軍鶏、いや、武士の本質を教えられていたことになる。それが今になって、一つに結び付いたのであった。

「強い軍鶏は美しく、美しい軍鶏は強い」と言い切った、軍鶏の師匠である大身旗本。

「真に強い者は圧勝しない。大勝、圧勝する者は、大敗、惨敗することもある。真に強い者は、常に勝つというより常に負けないのだ」と言った、剣の師匠の日向主水。

そして、「軍鶏も狼も、いや生き物はすべておなじだ」と改めてわからせてくれた、忠実な下男の権助。

言い方はちがっていても、言っていることは通じているではないか。ということは、源太夫は頭を強打された思いがした。

その伝で行けば、仲吉はかなり強いということになりはしないか。名札が最上段に掛けられると見ている喬之進の判断は、おそらくちがってはいないはずである。

四

稽古着に着替えて道場に姿を現した東野弥一兵衛は、見所《けんじょ》に腰を据えた源太夫に目礼した。

「早いな」

多忙な弥一兵衛が、五ツ（八時）という時刻に顔を見せるとは珍しい。

「うまく空きが取れましたのでね。出られるときに出ませんと、体が鈍《なま》ってしまいます」と言ってから、弥一兵衛は思わずというふうに声に出した。「お、新顔だな」

「戸崎仲吉と申します。よろしくお願いいたします」

「年少組ではなさそうだが」

「十二歳ですので、まだ年少組です」

「それにしてはでかい。しかも味のあるいい面構《つらがま》えをしておる。体をほぐすために、ひとつ稽古に付きあってもらおうか」

「えッ、東野さまがわたくしに、でしょうか」

「わしでは不足か」

「とんでもないことでございます。ぜひともお願いを」

仲吉は思いもしなかったからだろう、興奮のあまり顔を真っ赤にして、目を輝かしている。まるで臆《おく》することなく、僥倖《ぎょうこう》に恵まれたと思っているらしい。

「よかろう。では、しばし待て」

弥一兵衛はそう言うと神棚を拝し、続いて口中で道場訓を唱えた。唱え終わると、その横に掲げられた絵に目をやった。

源太夫の弟子で、江戸の狩野《かのう》派で学んだ顕凜森正造《けんりんもりしょうぞう》の絵である。分厚い胸をした軍鶏が、太く逞《たくま》しい脚で大地を踏まえてすっくと立ち、射竦《いすく》めるような目で睥睨《へいげい》するさまが活写されている。

軍鶏道場の愛称で呼ばれる岩倉道場にとって、これほどふさわしい絵はないだろう。弟子の多くはこの軍鶏に、師の源太夫を二重写ししているのである。

絵に軽くうなずいた弥一兵衛が振り返ると、先ほどまで稽古に励んでいた弟子たちが、いつの間にか道場の壁を背にしてコの字形に並んで正座していた。竹刀を打ちあう音や気合声が途絶えたからだろう、武者窓から騒がしく雀《すずめ》のさえずり騒ぐ声が雪崩《なだ》れこんで来た。

腕の優《すぐ》れた剣士の試合は心して見るように、と源太夫は常々弟子たちに言っていた。見るだけでも得るところが多いからである。試合ではないが見るだけの価値があると、弟子のだれもが判断したのだろう。

中老芦原讃岐の右腕として多忙な日々を送る弥一兵衛は、あまり道場に顔を見せることはないが、源太夫の一番弟子でかつての師範代であった。

そしてその相手に指名された戸崎伸吉は、入門したばかりでありながら、二段目の兄弟子二人を、辛勝ではあるが負かしていた。源太夫が見事だと言って、弟子たちに各種素振りをやらせてみせたこともある。

弟子たちが正座して、真剣な顔をしているのは当然と言えた。

弥一兵衛と伸吉は並んで立つと改めて神棚に一礼し、道場の中央部で向きあった。

「まずは地稽古で行くか」

弥一兵衛に問われた伸吉は、ためらうことなく答えた。

「打ちこみ稽古で願います」

「よかろう」

地稽古はお互いに対等な立場で攻めあうが、伸吉は遠慮した訳ではない。新入りが先輩、それも代稽古を務めた者に対して、いくらなんでも、畏《おそ》れ多くて互角の打ちあいができるはずがなかった。

打ちこみ稽古は上級者である元立ちが隙《すき》を作り、下級者である掛かり手がそれに乗じて打ちこむ。

もちろん稽古であるため形式的なところはあるが、なにも決まりきった運びで進める必要はない。緩急《かんきゅう》を付けるなり微妙にずらすなり、場合によっては隙を無視して攻めるなど、いくらでも工夫することはできた。でなければおもしろくもないし、本当の意味での稽古にはならない。

淡々と繰り返していた弥一兵衛の表情に、いつしか笑みが拡《ひろ》がっていた。最初のうちは余裕たっぷりに、わかりすぎるほどの隙を作って、仲吉に打ちこませていたのである。さすがに元は師範代であった。見学している弟子たちに見せる意図もあってだろうが、下級者が陥《おち》りやすい、ついできてしまう隙を、弥一兵衛はいささか大袈裟《おおげさ》に見せていた。

竹刀が空《くう》を切る音や撥ね返す音、踏みこんだ足が床で立てる音、打ちこむときの気合、それらがひたすら続く。

元立ちと掛かり手の動きに応じるように、見学している者の、息を吸い、溜めていた息を吐くのが、なぜか揃って波打つように聞こえることがあった。

やがて仲吉の額《ひたい》に汗の粒が浮かび、稽古着の色が脇の下、そして背中と変わり始めた。

一瞬の間をとらえて弥一兵衛が言った。

「掛かり稽古でいいようだな」

これは打ちこみ稽古とちがって、元立ちはあまり隙を作らず、掛かり手が一方的に攻めて、元立ちがそれをひたすら捌《さば》くのである。つまり弥一兵衛が仲吉の腕を、かなり高いと見た証拠であった。

「お願いします」

「そのまえに汗を拭き、少し外の風に吹かれて来い」

「ありがとうございます。ですが、このまま続けさせてください」

「その意気や良し。ただし汗だけは拭くが良い。稽古着が肌に貼り付いて動きが鈍る」

「はい。わかりました」

仲吉が汗を拭き始めたので、正座していた弟子たちは立ちあがると、伸びをしたり、脚の屈伸《くっしん》を始めたりした。根《こん》を詰めて見ていたため、体が強張《こわば》ってしまったのだろう。

そうしながらもちらちらと二人を見るのだが、その目を見れば、仲吉に対する評価がさらに高まったのが明らかであった。その中に幸司の姿もあったが、頬が紅潮《こうちょう》している。弥一兵衛と仲吉の稽古を見て感じたことが、いかに多かったかがわかった。

単純には言えないところもあるが地稽古、掛かり稽古、打ちこみ稽古の関係は上中下と見て良い。仲吉は力を認められ、わずかなあいだに下から中に級をあげたのである。

そして掛かり稽古が始まった。

源太夫が驚いたのは、打ちこみ稽古で相当な疲れを見せていた仲吉が、汗を拭くのをいい息抜きとして、わずかなあいだに驚くほど回復していたことだ。むしろ打ちこむ速さと鋭さが、一段あがったように思えたのである。とすれば毎日、かなり過酷《かこく》な訓練を続けていたからだろう。でなければ、これほど早く体の機能を元にもどせるはずがない。

仲吉の入門で岩倉道場はおおきく変わるかもしれない、それもいい方向へ、しかも短い期間に。

弥一兵衛と仲吉の動き、息詰まる駆け引きと、それを見詰める弟子たちの息遣い。

変わるぞ、いや、これを機会に変えなければ、と源太夫はおおきな手応《てごた》えを感じたのであった。

「よし、いいだろう」

弥一兵衛がそう言うと、仲吉は竹刀を左手に持ち替え、「ありがとうございました」と深々と頭をさげた。

「いや、礼を言いたいのはこっちだ。いい汗を流せた。仲吉と申したな」

「は、はい」

「だれに習《なろ》うた」

「岩倉先生の教えを受けております」

「新顔ゆえ、入門したばかりだということはわかっておる。入門まえはだれに教えてもろうた」

「父の手ほどきを」

「父上か」

「弓組の戸崎喬之進と申します」

弥一兵衛は思いを巡らせたようだが、思い当たらなかったようだ。

喬之進が隠れた遣い手だということは、源太夫、日向主水、目付の数人、髻を斬り落とされた酒井洋之介、並木の馬場で立ちあったおりの介添人、そして妻の多恵くらいしか知らないだろう。

なぜなら二十代になって、主水の教えに背いたため破門されていたからだ。いっしょに謝ってやるから許してもらえと高弟の一人が言ったが、自分が悪いとは思わないので、と喬之進は頑《かたく》なに拒《こば》んだのである。

もともと地味な存在だった喬之進は、いつの間にか忘れ去られてしまった。

以後は組屋敷の狭い庭で鍛錬《たんれん》を続けたと思われるが、相手がいなくてはいかに工夫しても限度がある。伸吉を源太夫に託したのも、それがよくわかっているからだ。

「体を清めて着替えたほうがよい。汗をかいたままにしておくと、筋と肉を冷やしてしまい、繰り返すとやわらかなままに保てず硬くしてしまう」

そうなると敏捷さを失うだけでなく、疲れの出方が早くなるのである。緊張した闘いで柔軟《じゅうなん》さを失うと、特に勝負が長引けばそれだけ不利になる。

掘抜井戸は道場の横手にあるので、弥一兵衛と伸吉は語りあいながら道場を出た。

「よし、稽古にもどれ」

源太夫のひと声で弟子たちは散った。

ほどなく武者窓の向こうで、釣瓶《つるべ》を上下させる滑車《かっしゃ》の軋《きし》みや水を桶《おけ》に移す音がし始めた。

「どう思った、伸吉を」

その夜、食事を終えて茶を飲みながら、源太夫は幸司に聞いた。

「とても十二歳とは思えません」

「どこがだ」

「動きの速さと、むだのなさがです」

源太夫はうなずいた。

「途中から、才二郎の顔付きが変わったからな。新入りゆえ、簡単にあしらえると思うておったのであろう」

源太夫は弥一兵衛を改名まえの、弟子入りしたころの名で呼んだ。

「驚いたというより、うれしかったからではないでしょうか」

「ほほう、なぜに」

「ご自分の若かったときのことを、思い出されたのかもしれません」

「幸司が才二郎、ではなかった弥一兵衛のことを知っておる訳がなかろうが」

「父上が話してくださいました」

さて、なにをどのように話したのかとなると、思い当たる節《ふし》はない。幸司もそれを察したらしく、静かに話し始めた。

東野才二郎は、源太夫が道場を開いたおりの弟子第一号である。芦原讃岐が日向道場の相弟子ということもあって、道場を開くことが決まるなり、才二郎の弟子入りを申しこんだからだ。

才二郎は讃岐の若党から家士になったが、讃岐が武芸を苦手としているということもあり、入門するまでまともに竹刀を握《にぎ》ったことがなかった。そのため源太夫は、竹刀の握り方から始めて、構え方、足の運びや摺《す》り足など、基礎以前から教えねばならなかったのである。

才二郎も自分に心得がないことを負い目と感じてか、稽古に人一倍励んだのであった。

源太夫はまず素振りを教えた。先日、伸吉にやらせた上下素振り、前進後退正面素振り、左右面素振り、跳躍素振りである。

朝一番に来て拭き掃除をすると、才二郎は道場の出入口を箒《ほうき》で掃《は》き清めた。そして弟子たちが揃うまで、ひらすら素振りに励んだのである。

「ほかの弟子の倍や三倍できかず、四倍も五倍も打ちこんだのではないかな。正直なもので、稽古はやっただけのことが結果として現れるものだ」

しみじみと源太夫は言ったものであった。

親友の家来であり弟子第一号でもあるが、なによりも稽古熱心なので、師匠にとって可愛《かわい》くないはずがない。

稽古に応じて体もできてきたので、才二郎は本格的な稽古に入るのも早かった。

まずは伸吉とやった打ちこみ稽古と掛かり稽古、続いて地稽古に進む。道場を開いて間もないということもあったが、源太夫は熱心な弟子には付きっ切りで教えたのである。

「ともかくあのころの才二郎は、休むことなくひっきりなしに稽古に打ちこんだものだ。その辺でよかろうと言っても、まだまだの繰り返しでな、ふらふらになりながら止めようとせぬ。よし、いいだろうと言っても聞きはせぬ」

「父上はどのように」

「命令に背くなら破門だ」

「まさか」

「言いたくとも、そればかりは言えぬ」

なぜなら、いかなる理由があろうと弟子に対して、「破門だ」とだけは言うまいと心に誓《ちか》っていたからである。

師の日向主水は激昂しやすい質《たち》で、なにかというと「破門だ。二度と顔を見せるな」と呶鳴《どな》るのであった。しかし心が鎮《しず》まると、ひどく後悔するし、なぜ自分が立腹したかをうまく言えないことすらあったのだ。

周りもそれを心得ているので、高弟などが付き添って謝ると、「今回に限り許す」となって、主水自身もホッとしたのがわかるのであった。

中には十回以上も破門されながら、そのたびに謝って復帰した者さえいた。破門先生の渾名は、親しまれていたからこそ付けられたのだろう。そんな師匠を見ていたので、源太夫は弟子に破門を告げることだけは、絶対にすまいと心に誓ったのである。

「そうしますと、いかに」

「才二郎の竹刀を叩き落とし、切っ先を鼻の頭に突き付けた」

「東野さまは」

「そこで初めて両膝に手を当て、ありがとうございましたとお辞儀をしおった」

「あの方は、そのころのことを思い出されたのではないでしょうか」

「やつが打ち切りを告げると、伸吉は礼を述べて従ったではないか。入門したての才二郎は、あそこまですなおではなかったぞ」

「ですが伸吉どのも、稽古中はかなりムキになって打ち掛かっておりましたからね。やはり東野さまはご自分の若き日々を、思い出されたのだと思います」

「どうだ。仲吉とやってみるか」

「ぜひ」

「自信はあるのか」

「十二歳の新入りですからね」

「ただの十二歳とはちがうぞ」

「年少組に負ける訳にはまいりません」

「三郎助《さぶろうすけ》とやらせてみようと思う。その次にやってみるか」

三郎助は二十八歳の努力型で、最上段の末席、つまり三十五位となっている。ほかに楽しみがないのかと言いたくなるほど、暇ができさえすれば道場に来ていた。登城日でも姿を見せて、一刻ばかり汗を流してから西の丸の持ち場に向かうのである。

素質がなくても努力次第でここまで強くなれる、という見本のような弟子であった。しかし努力にもかぎりがあって、そこから上の弟子たちは三郎助とは強さの桁《けた》がちがっていた。

かなり粘《ねば》っこい気質で、どんな状況になっても諦《あきら》めない。攻めもかなり執拗《しつよう》なところがあり、三郎助の相手をするのを嫌がる者も少なからずいた。

幸司の顔に薄っすらと笑いが浮かんだのは、仲吉が三郎助に対してどういう闘いをするだろうか、と思ったからかもしれない。

五

「三郎助と仲吉、持ち味を出し切れるよう、三番勝負をやってみろ」

源太夫に言われて三郎助はにやりと笑ったが、どうやら声が掛かるのを待っていたふうでもある。

登城日にさえ姿を見せて汗を流している三郎助は、道場主の源太夫や一番弟子の弥一兵衛が、新入りの仲吉を特別扱いしているように感じ、苦々しく思っていたきらいがある。かと言って自分から相手として指名するのは、いかにも気にしているようで、見栄《みえ》もあって踏み切れなかったのだろう。

そこに源太夫の声掛かりなので、渡りに船だとの気持が、思わず顔に出た笑いではないだろうか。好機到来。徹底的に叩きのめし、修行の差を思い知らせてやる、との気持が剝き出しになっていた。

おおきな声を出した訳ではないが、源太夫の声はよく透《とお》るらしい。というか、弟子たちは稽古に励みながらも、常に師匠に耳を向けているのである。尺扇《しゃくおうぎ》を手に源太夫が見所を立ったので、弟子たちは稽古を止めると壁を背に坐った。練達《れんたつ》の士ではなく、古顔と新入りの対戦だが、見逃せない戦いになると思ったからである。

両者は二間（約三・六メートル）の間を取って向きあい、一礼すると竹刀を構えた。源太夫が水平にした尺扇を二人のあいだに差し出し、静かにあげた。

正眼に構えたまま二人とも動かない。三郎助にすればどこからでも掛かってこい、力の差を見せ付けてやるというところだろう。だが伸吉は動かなかった。打ちこむ隙がないというのでもなさそうなので、三郎助は次第に苛立《いらだ》ち始めたようである。

剣先をゆらゆらと揺らし始めたが、伸吉は応じない。三郎助が先革《さきがわ》を見せ付けるように円を描き始めても、伸吉はどこ吹く風と、まるで無視して微動もしないのである。

不意に三郎助が竹刀を握った手の力を抜いたので、剣先が床面に着いた。隙だらけにして伸吉を誘ったのだ。先日、弥一兵衛との打ちこみ稽古でムキになって打ち掛かっていたのが、まるで別人ででもあるかのように伸吉は動かなかった。

「どうした、臆したか」

手合わせ中は気合声しか出さぬものだが、三郎助は挑発した。道場であり、先輩が後輩に対するということで、許容範囲と判断したのだろう。源太夫には考えるところがあったのか、特に注意しなかった。

やがて弟子たちが異様さにざわつき始め、顔を見あわせたり、首を傾《かし》げたりしている。

「きえーいッ」

裂帛《れっぱく》の気合とともに三郎助が打ち掛かったが、ピシリと鋭い音とともに伸吉が撥ね返した。

当然、三郎助は予想していたのだろう。相手が体勢を立て直すより早く、ちいさな弧を描いて胴に叩き入れようとした。だが伸吉は間一髪《かんいっぱつ》でそれを弾《はじ》き返した。

二人は飛び離れて構え直したが、今度は伸吉が打ちこんだ。それを三郎助が受け止めたが、受け止めたままで二本の竹刀が動かなくなった。伸吉の竹刀に三郎助の竹刀が貼り付いたようで、まるで馬庭念流《まにわねんりゅう》の米糊付《そくいづけ》である。

じりじりと押されるままで、外すことも立て直すこともできない。経験の浅い仲吉を、三郎助はねらい通りの陥穽《かんせい》に誘いこんだのであった。蟻地獄《ありじごく》に嵌《は》まったのとおなじで、ときが経つほど身動きが取れなくなってしまう。

「逆転はむりと見たが、負けを認めるか。それとも続けるか」

源太夫の言葉を助け舟と、仲吉は「負けました」と潔《いさぎよ》く認めた。

源太夫の尺扇が、さっと三郎助にあがると、弟子たちから溜息《ためいき》が漏《も》れた。残念だと思ったのと、当然だろうと思ったのと、どちらが多かったかはわからない。

対照的なのは両者の顔であった。

仲吉にはこれと言った変化が出ていないのに、三郎助は紅潮していたのである。調子に乗っている、それも年少組の分際《ぶんざい》でいい気になっている若造の鼻を、見事にへし折ってやった。見たか、これが年季のちがいというものだ、との思いが顔一面に出ていた。

二本目は、あれほど静かであった仲吉が、目まぐるしく動き廻《まわ》って、弟子たちを驚かした。しかもその動きが速いために、ムキになって追おうとする三郎助が、まるで翻弄《ほんろう》されているように映った。

仲吉は前回の、米糊付に似た戦法で搦《から》め取られるのを避けているのだろうが、逃げている訳ではない。三郎助の予測している動きの逆を衝《つ》き、躱すと見せてまともに受け、畳み掛けて来るだろうと相手が身構えると、さっと竹刀を退《ひ》くのである。

予測を裏切り続けるだけでなく、動きも速いので、三郎助はどうしても後手後手となってしまうのであった。それが苛立ちを掻き立てるらしく、一度は収まっていた顔面がふたたび紅潮し始め、火を噴きそうなほどになっていた。

一方の伸吉は、接近戦で竹刀を搦め取られぬことに専心しているらしい。身動きできぬ体勢に持ちこまれることなく、しかも三郎助が動きを読めぬように心掛けたのだろう。目まぐるしく動き続けているうちに、次第に相手の対応がわかるようになったらしい。

三郎助の動きの限界が読めたのだ。

――喬之進は自分が時間を掛けて習得した事を、きちんと伸吉に伝えておる。

「青は藍《あい》より出《い》でて藍より青し」との言葉があるが、体の面では父を超えているので、まじめに励めば伸吉は父以上の剣士に育つだろう。

その思いの背後には、ところで幸司はどうであろうか、との思いが潜《ひそ》んでいたのかもしれない。

源太夫は舌を巻いた。二本目に入った伸吉の動きを見ていると、心の裡が掌《たなごころ》を見るようにわかるからであった。

三郎助の動きを読み切った仲吉が、決める頃合いだと思ったからだろう、動きに変化が起きた。

おおきく伸びあがったかと思うと不意に縮み、右に避けると見せて左に跳ぶ。予測の付かぬ動きで相手を振り廻していた仲吉の動きが、正眼に構えてピタリと止まった。しかもあれほど激しく動き廻っていたのに、剣先は静止したままである。

仲吉の動きに対して三郎助も正眼に構えたが、その先端は細かく震えていた。腕の筋と肉が、それまでの激しい動きに疲れ果て、限界に達しているのである。

源太夫の目には、勝負がついたも同然であった。

仲吉が真っ向から面に打ちこんだ竹刀を、三郎助は弾き返したが、次の攻めに対応できず首筋に決められたのである。

すかさず源太夫は尺扇を仲吉にあげた。

三本目はあっけなかった。

速い動きに対処できぬ三郎助の咽喉元《のどもと》に、仲吉の突きが決まったのである。三郎助は背後に転倒した。

源太夫が静かに扇を仲吉にあげた。弟子たちはあっけにとられ、口を開けたまま動くこともできなかった。

「介抱してやれ。心配するほどのことはあるまい。軽く気を喪《うしな》っただけだ」

師匠の声にわれに返り、弟子たちが三郎助のもとに集まる。心配している者ばかりではないのが表情から窺えた。

新入りの年少組に負かされたのだから、三郎助の面目《めんぼく》は丸潰《まるつぶ》れである。だが勝負の世界は厳しい。立ち直れるかどうかは本人次第であり、師匠としては見守るしかない。本人から訊かれるとか、助言を求められれば応じるが、こういうときに変に口出しすると、却《かえ》って歪《ゆが》めてしまうことがあるから注意しなければならない。

それがわかっているからだろう、翌日からも三郎助は休むことなく稽古に通っている。しかし、さすがに態度は控え目になったようだ。

仲吉と幸司との手合わせは、五日ほど経ってからにした。源太夫は弟子には区別なく接することにしているので、仲吉を特別扱いしているように取られたくなかったからだ。

ところが思いもしない結果となった。

日頃から幸司の試合や稽古を見ている仲吉は、基礎がしっかりしているので、三郎助のときのように小細工《こざいく》は利かない、むしろ命取りになると判断したようだ。

正面から堂々とぶつかったが、全敗したのである。それも完敗であった。だが本人は納得したらしく、表情は清々《すがすが》しかった。

「幸司さんには、わたしの動きの先が読めていたようですが」

「そう感じたのなら、おそらくそうだろう」

「どのようにして身に付けられたのですか。血の滲《にじ》むような稽古の賜物《たまもの》だとは思いますけれど」

幸司は少し考えてから言った。

「投避《とうひ》稽古のお蔭《かげ》かな」

「逃避稽古ですって。少しも逃げてなどいないではありませんか。それに逃げていては稽古になりません」

「あれだ」と、幸司は棚に置かれたお手玉を示した。「あれを投げ付け、避《よ》けているのを見たことがあるだろう。投げて避けるから投避稽古」

「稽古に疲れたときの、息抜きの遊びだと思っていました」

「神聖な道場で遊ぶ者がどこにいる」

「ですが」

「本来は弓と矢を用いておこなう」

「なんですって」と言ってから、伸吉は噴き出した。「おからかいなら、ご勘弁願います」

「稽古のことを訊かれ、揶揄《やゆ》するように見えるか」

「すみません」

幸司の剣幕に伸吉は顔を強張らせた。

師匠がその師匠、つまり源太夫が日向主水に教わった話だと、幸司は話し始めた。

初めは十分に距離を置き、木刀を手に立って、ゆるめに矢を射てもらうのである。矢はそのままでは用いず、鏃《やじり》には丸めて玉にした綿、いわゆるたんぽを付けていた。それでも目に当たれば失明することもある。

何度も繰り返していると、残らず躱せるようになるので、少しずつ引きを強くしてゆく。可能なかぎり木刀で払うことはせず、体を避けるようにするのだ。そして全力で引き絞って放った矢も、躱せるようになると、一間（約一・八メートル）ずつ距離を詰めてゆくのである。

「だが道場は、弓矢での稽古ができるほど広くはない。そこで物を投げ付けて、それを躱す稽古にした」

二人が向きあって、一定の距離を置いて立つ。距離は剣術の習熟度や年齢などで決めればよい。一人がもう一人の顔を目がけて、木の実でも石でもいいが投げつける。

初めはゆっくりと投げ、何度繰り返しても躱せるようになると、次第に早くしてゆく。段々と早くし、最後には全力で投げつける。

全力で投げても躱せるようになれば、一尺（約三〇センチメートル）ずつ距離を詰めていく。大事なのは、そうやって確実に体に覚えさせることであった。決して焦《あせ》ってはならない。一尺ずつだからいいのであって、一気に一間も詰めないことである。

「その訓練を繰り返せば、至近距離から投げられても躱せるようになる。どうやら信じておらぬようだな」

「いえ、そんな」

「石では怪我をすることもある。稽古で怪我をしてはつまらんので、お手玉にしたのだ。よし、やってみよう。それが一番納得できるだろう」

幸司は壁の棚に行って数個を摑むと、伸吉に手渡した。

「そこに立て」

床を指差して伸吉を立たせると、自分はそこから三間（五・四メートル）ほど離れた場所に移った。

「おれの顔を目掛けて、力一杯投げ付けてみろ。顔をねらえ」

「いいのですか。当たれば怪我しますよ」

「いいから投げろ」

珍しく強い口調で言うと、伸吉はためらった末に投げた。軽々と躱してから叱《しか》った。

「手を抜くんじゃない。子供の遊びじゃないんだ」

子供の遊びという言い方にカチンときたのか、伸吉は真剣に投げた。当然だが当たらない。真剣ではあったが、それでもいくらかは手加減していたらしい。三度目は全力を入れて投げたのだろう、幸司が避けると背後の壁に当たっておきな音を立てた。

弟子たちは稽古を止めて、にやにや笑いながら、あるいは真剣な目で見物している。

「稽古のおりは一尺ずつ縮めるのだが」と言いながら、幸司は一気に一間を詰めた。「よし、もう一度やってみろ」

仲吉は寸毫《すんごう》もためらわずに投げたが、お手玉はまたしても壁に激突したのである。想像もしていなかったからだろう、その威力に仲吉はすっかり興奮してしまった。

「す、すごい。投避稽古ですか。わたしもやります」

「これを続けると、次第に相手の動きが読めるようになる。おれは六歳で入門したが、そのまえから投避稽古に励んだのだ。仲吉の投擲《とうてき》なら百発百中と言いたいところだが、八割は躱せるだろう」

「だれもやっているのですか」

「ああ、ほかの道場は知らんが、岩倉道場ではな。梟猫稽古もやっている」

「キョウビョウ稽古ですか」

言葉の見当も付かなかったからだろう、仲吉は戸惑《とまど》い混乱したようである。

「暗闇で敵の動きを見る訓練だ。真の闇ではどうにもならんが、わずかな明かりでもあれば見えるようになる。たとえ月が出ていなくとも、星月夜《ほしづくよ》なら駆けてもなかった。

転ばないぞ」

　幸司がお手玉を軽々と避けて見せたばかりなので、今度は伸吉も疑おうとはし
「キョウビョウ稽古」

「キョウは梟《ふくろう》でビョウは猫だ。どちらも、闇夜でも獲物を捕らえることができるからな」

　黙ったまま思いを巡らせていたようだが、やがて伸吉は瞳をきらめかせながらきっぱりと言った。

「励みます。わたしは励みますからね、幸司さん。だって励み甲斐《がい》がありますもの」

　伸吉は幸司やほかの弟子たちからおおいなる刺激を受けたようだが、弟子たちもこの新弟子からこれまで感じたことのない激発を受けたようである。

以来、岩倉道場の雰囲気は明らかに変化を見せた。若手や年少組の活気が古参の連中をも刺激したのが感じられたのであった。

六

前夜、源太夫は藩校「千秋館《せんしゅうかん》」でともに机を並べ、日向道場の相弟子でもある旧友二人と、久し振りに酒を酌《く》み交わした。一人は千秋館の教授方を務める池《いけ》田盤晴《だばんせい》、もう一人は中老の芦原讃岐である。いつものことながら、この二人とは話が弾んでつい深酒してしまうのであった。

見所に腰を据えて弟子たちの稽古を見ていたが、渇《かわ》きを覚えて道場を出た。横手に掘抜井戸があるからである。

釣瓶で水を汲《く》みあげると、源太夫は柄杓《ひしゃく》の水をたっぷりと飲んだ。

道場にもどろうとしたとき、柱を二本立てただけの門から、十歳くらいと思える武家の娘が入って来た。源太夫に気付いた娘はお辞儀をして、足早に近付いて来る。

「花《はな》なら母屋《おもや》にいるはずだ」

そう言って庭を挟んだ東側を示すと、娘はにこりと笑った。

「お初にお目に掛かります。戸崎でございます。弟がいつもお世話になっております」

戸崎と弟という言葉がうまく嚙《か》みあわずに源太夫は混乱したが、ようやくのこと事情がわかった。

「すると伸吉の」

「姉ですみれと申します」

小柄で可憐《かれん》なため、娘の花の知りあいだと勘ちがいしたのであった。

伸吉に一歳上の年子の姉がいることは知っていた。伸吉が十二歳だから十三歳になる計算だ。弟は年齢にすれば随分《ずいぶん》と大柄だが、姉はほっそりとして華奢《きやしや》である。伸吉の妹と言っても通りそうで、そのため源太夫は九歳になった花の友達だと思ったのである。

「伸吉は風邪《かぜ》を引きましたので、稽古を休ませていただきたく」

「わざわざ知らせてもらわなくともよかったのだ。で、熱とか咳《せき》は出ておらぬか」

「はい。弟はたいしたことはないので出る。出て稽古に励めばすぐに治ると申しておりますが、皆さまにご迷惑だからと母が許しませんものですから」

そのとき道場から幸司が飛び出して来た。

「どうした」

「汗拭きを忘れまして」

「粗忽者《そこつもの》めが」

叱ったが、幸司の耳には入らなかったようである。なぜなら、びっくりしたようすですみれを見ていたからだ。

「幸司、忘れ物ですよ。畳んで出しておいたのに」

柴折戸《しおりど》を押して、手拭《てぬぐい》を手にみつが姿を見せたが、すみれに気付くと軽く会釈した。すみれも頭をさげた。

「仲吉の姉の」

源太夫が言い掛けるとあわてて挨拶した。

「すみれと申します。弟がいつもお世話になっております」と源太夫とみつに半々という調子で言うと、すみれは幸司を見あげた。「弟は道場に通うようになって、見ちがえるように活《い》き活《い》きしてまいりました。幸司さまのことはすばらしい兄弟子だと、毎日のように話しております」

「あ、いや、それは」

すっかり照れて顔を赤らめた幸司は、みつから手拭を受け取ると、逃げるように道場にもどった。

「いかがでしょう、すみれさん。よろしかったら、あちらでお茶でも」

「ありがとうございます。ですが、弟が稽古を休むことを、知らせにまいっただけですので」

「でしたら、またの折にでもいらしてくださいね。花が、幸司の妹が喜ぶと思いますので」

「はい。いつか寄せていただきます」

みつが一礼して母屋への柴折戸を押して母屋に向かったので、源太夫が道場にもどろうとするとすみれが控え目に声を掛けた。

「あの」

「伸吉のことなら気にせず、十分に養生するよう伝えてくれ」

「ご迷惑でなければ、お話が」

「わしにか」

意外な思いがした。すみれがうなずいたので、源太夫は庭に出した床几を示して坐るようにうながした。

姉の話となると、やはり弟伸吉のことだろうか。もしかすると源太夫や幸司に親しくしてもらっているとか、取り入っているのではないかと勘ちがいした兄弟子たちに呼び出され、折檻《せっかん》されたことも考えられなくはなかった。仲吉が稽古を休んだのはそのためかもしれないが、まさか怪我をしたのではあるまい。だが、そんなことがあったとしても、姉に打ち明けるとは考えられないのである。

となると思い当たることはない。

自分から喋《しゃべ》るのを待つしかないだろうと、源太夫は唐丸籠の中で羽根を輝かせる軍鶏に目を向けた。

「わたしは太刀《たち》を習いたいのです」

「わが道場は藩士とその子弟のために」

「存じております。わたしは母に小太刀を教わりました」

そう言えばすみれの父の喬之進が、並木の馬場で酒井洋之介と立ちあったとき、自分が先に相手をと言って多恵が出たことがあった。愚《おろ》かなことをするでないとの喬之進の叱責《しっせき》で引きさがったのだが、余程の自信がなければできることではない。

「かなりの遣い手だとお見受けいたしたが、その母上の教えを受けたのであれば、女子《おなご》としては十分ではないのか」

「はい。ですがわたしは、それで止まりたくないのです」

「と申しても、母上の教えを受け、ご両親がそれでよいとお考えなら」

「さらに強くなれるのがわかっているのに、その辺でいいだろうと線を引きたくはないのです」

「だが、女子の身で武芸者になることはできぬし、嫁げばその家のために尽くさねばならぬ」

「もちろん、そのつもりでいますし、覚悟はできております。ですが、それらをきちんとこなすことができれば、その先に進むことは許されていいのではないでしょうか」

「その必要、その意味はあるのか」

「その必要と意味は、ないとお考えでしょうか」

「なかったな、すみれどのに問われるまでは、だが」

「でしたら、考えてください」

「考えたとて、どうにもならぬであろう」

そう言ったものの、弟の通う道場のあるじに話すとなると、相当に悩んだか、切羽詰《せっぱつ》まったものがあるにちがいない。

「母上にはどのように言われたのだ。教えることはすべて教えたので、これ以上教えることはないと言われたのか」

すみれは唇《くちびる》を嚙みしめ、それから首を横に振った。

「これで十分だと。多分、父の考えではないかと思います」

「父上の、か」

「わたしは組屋敷のおなじ年ごろと較《くら》べると小柄で、年下でもわたしよりおおきな子は何人もいます。これからも背はそれほど伸びないでしょう。小太刀をいくら学んでも、こんな貧弱な体では、さほど強くなるとは思えない。どうせ学ぶなら、手習、作法、裁縫《さいほう》、さらには活け花などに力を入れるべきだ。そうすれば嫁入りしても苦労しない、というのが父の考えなのです」

喬之進の言うのももっともだと思いはしたが、それを口にする訳にはいかない。

「母によりますと父は相当な遣い手で、園瀬では五本、悪くても十本の指に入る腕だとのことです」

源太夫はおおきくうなずいた。

「弟が父と変わらぬほどおおきくなりましたが、間もなく父は追い抜かれるでしょう。そんな父が五本の指に入るほどの腕になるには、人の何倍もの努力をしたと思います」

「であろうな」

じっと源太夫の目に見入って、ひたすら胸の裡を伝えようとするすみれに押され気味で、源太夫は思わず相鎚《あいづち》を打ってしまった。

「わたしも父のように、小柄なりに強くなりたいのです」

「父上はすみれどのに良かれと思われて、打ち切られたのだと考えるが」

「自分の願いは諦めて、父の考えに従わねばならないのでしょうか」

どうにも勝手がちがう、苦手な領域に入ってしまったようだ。

「母上にはそのことを話したのか」

「はい。ですが、子は親に従うものだと言われました」

「どの親もそう言うであろうな。よいか、すみれどの。家はあるじの考えのもとにあらねばならぬ。もしもご両親を説得して、武芸を学んでよいということになれば、それに関する相談には応じよう。だが立場上、ご両親の考えに背いて教えることはできぬ」

「わかりました。おっしゃる通りです。お忙しいのに煩《わずら》わせてしまい、申し訳ありませんでした」

「屋敷の庭での一人稽古も、禁じられておるのか」

「いえ、そこまでは」

「では続けるがよい。ご両親の考えが変わることもあろう」

「わかりました。では失礼いたします」

うしろ姿を見送った源太夫は、道場にはもどらず母屋に向かった。

「茶を淹れてくれんか」

みつに命じると縁側に腰掛けて待つ。

すみれの言った、「わたしも父のように、小柄なりに強くなりたいのです」との言葉が、不意に蘇《よみがえ》った。同時に帰って行くすみれの、いかにも頼りなげなうしろ姿が思い出された。

——そうか。それで仲吉にすみれ、だから多恵は喬之進に嫁いだのか。いささか突拍子《とっぴょうし》もないかな。いや、そうとも言い切れぬぞ。

菫《すみれ》は春先に紫や薄紫の花を咲かせる、ちいさくて清楚《せいそ》な草花である。

喬之進と多恵が娘にすみれと名付けたのは、その花のように可憐であってほしいとの願いが、籠《こ》められているからだと思い至った。すると仲吉には、父親のように貧弱でなく、心身ともに伸び伸びと育ってほしいと、祈るような思いがあったにちがいない。

男の子は母親に似、女の子は父親に似ることが多いと俗に言われている。まさにそのとおりになったのである。

とすれば多恵が喬之進を選んだのは、それに対する期待もあったのではないだろうか。多恵を嫁にと何人もから話があったが、多恵はすべて断ったとのことだ。そのだれもが立派な体格をしていたという。

男児であれば両親の血を引いて大柄になるだろうから、なんの問題もない。ところが女児の場合、自分よりおおきくなることだってあるのだ。娘に大女というだけで、多恵は辛くて厭な思いを散々してきたにちがいない。娘にだけはそんな思いをさせたくない。だから喬之進に嫁ぎ、父親の血を受けた小柄なすみれと、母親に似て大柄な仲吉を得ることができたのではないだろうか。

——と、いくらなんでも、そこまでの穿鑿《せんさく》は失礼であるな。

「道場にもどらなかったということは、おまえさまもお気付きでしたのね」

みつが湯呑茶碗を横に置きながら言った。

「茶が飲みたかっただけだ」

無愛想《ぶあいそう》に言ったが、まさか蚤の夫婦とその子供たちのことではないだろうなと、一瞬だが源太夫は思った。

「そうでしたか。そうでしょうね」

「引っ掛かる言い方であるな」

「幸司が」

「すみれどのに一目惚《ひとめぼ》れ、などと言いたいのではないだろうな」

「やはり、おわかりだったではありませんか」

くすりと笑ったので、源太夫はどきりとした。

一目惚れと言えば、遊山《ゆさん》の日のあとで龍彦のようすが変になったことがあった。みつは龍彦が遊山を良い機会に、源太夫とともに長崎遊学の挨拶廻りをしたとき、どこかのお嬢さまに一目惚れしたのではないかと言ったのである。

まさかと思ったが、源太夫が龍彦に鎌を掛けたところ、みつの言ったとおり、桜井《さくらい》家の美余《みよ》に心を奪われたとわかったのであった。

「しかし、すみれどのは」

「ですから殿方は、それも武芸者は武骨で困ります」

「まるで木石漢《ぼくせきかん》扱いであるな」

「おっしゃったでしょう、弟は道場に通うようになって、見ちがえるように活き活きしてまいりました、と」

「だから幸司はすみれどのに惚れたのか」

「まさか。問題はそのあとでございます。こう言ったのですよ。幸司さまのことはすばらしい兄弟子だと、毎日のように話しております、と」

「事実を伝えただけであろう」

「仲吉どのが幸司のことを話したかもしれませんが、大切なのはそのあとでございます」

「毎日のように話しております、と言ったはずだが」

「すみれどのが幸司のことを訊くから、仲吉どのは毎日のように話すのではないでしょうか」

「すると相惚《あいぼ》れか」

龍彦のときにみつに教えられた言葉がポロリと口から出て、源太夫は思わず顔を赤らめた。みつがおかしそうに見ているので、さらに赤らめることになってしまった。

「龍彦が一目惚れで、幸司が相惚れか。大変なことになってしもうた」

「龍彦は二、三年は長崎で学ばねばなりません。それに幸司は十四ですみれどのは十三、しばらくはそっとようすを見ることにしましょう」

「それもそうだな」

花は九歳だが、あっと言う間に娘になってしまう。

「うかうかしておれんな」

道場にもどりながら、源太夫はつい声に出してしまった。

家族　新・軍鶏侍

一〇〇字書評

切・り・取・り・線

購買動機（新聞、雑誌名を記入するか、あるいは○をつけてください）	
□（　　　　　　　　　　　　）の広告を見て	
□（　　　　　　　　　　　　）の書評を見て	
□ 知人のすすめで	□ タイトルに惹かれて
□ カバーが良かったから	□ 内容が面白そうだから
□ 好きな作家だから	□ 好きな分野の本だから

・最近、最も感銘を受けた作品名をお書き下さい

・あなたのお好きな作家名をお書き下さい

・その他、ご要望がありましたらお書き下さい

住所	〒				
氏名		職業		年齢	
Eメール	※携帯には配信できません	新刊情報等のメール配信を 希望する・しない			

この本の感想を、編集部までお寄せいただけたらありがたく存じます。今後の企画の参考にさせていただきます。Eメールでも結構です。

いただいた「一〇〇字書評」は、新聞・雑誌等に紹介させていただくことがあります。その場合はお礼として特製図書カードを差し上げます。

前ページの原稿用紙に書評をお書きの上、切り取り、左記までお送り下さい。宛先の住所は不要です。

なお、ご記入いただいたお名前、ご住所等は、書評紹介の事前了解、謝礼のお届けのためだけに利用し、そのほかの目的のために利用することはありません。

〒一〇一 - 八七〇一
祥伝社文庫編集長 坂口芳和
電話 〇三（三二六五）二〇八〇

祥伝社ホームページの「ブックレビュー」からも、書き込めます。
http://www.shodensha.co.jp/bookreview/

祥伝社文庫

家族《かぞく》 新《しん》・軍鶏《しゃも》侍《ざむらい》

平成31年4月20日　初版第1刷発行

著者　野口《のぐち》卓《たく》

発行者　辻　浩明

発行所　祥伝社《しょうでんしゃ》
東京都千代田区神田神保町3-3
〒101-8701
電話　03（3265）2081（販売部）
電話　03（3265）2080（編集部）
電話　03（3265）3622（業務部）
http://www.shodensha.co.jp/

印刷所　萩原印刷
製本所　ナショナル製本
カバーフォーマットデザイン　中原達治

Printed in Japan ©2019, Taku Noguchi ISBN978-4-396-34520-4 C0193

祥伝社文庫の好評既刊

野口 卓

軍鶏《しゃも》侍

闘鶏の美しさに魅入られた隠居剣士が、藩の政争に巻き込まれる。流麗な筆致で武士の哀切を描く。

野口 卓

獺祭《だっさい》 軍鶏侍②

細谷正充《ほそやまさみつ》氏、驚嘆！ 侍として峻烈に生き、剣の師として弟子たちの成長に悩み、温かく見守る姿を描いた傑作。

野口 卓

飛翔 軍鶏侍③

小梛治宣《おなぎはるのぶ》氏、感嘆！ 冒頭から読み心地抜群。師と弟子が互いに成長していく成長譚としての味わい深さ。

野口 卓

水を出る 軍鶏侍④

源太夫の導く道は、剣のみにあらず。強くなれ——弟子、息子、苦悩するものに寄り添う軍鶏侍。

野口 卓

ふたたびの園瀬 軍鶏侍⑤

軍鶏侍の一番弟子が、江戸の娘に恋をした。美しい風景の故郷に一緒に帰ることを夢見るふたりの運命は——。

野口 卓

危機 軍鶏侍⑥

園瀬に迫る公儀の影。もしや、狙いは祭りそのもの？ 民が待ち望む盆踊りを前に、軍鶏侍は藩を守れるのか⁉

祥伝社文庫の好評既刊

今村翔吾

鬼煙管《おにきせる》

羽州ぼろ鳶《とび》組④

京都を未曾有の大混乱に陥れる火付犯の真の狙いと、それに立ち向かう男たちの熱き姿！

今村翔吾

菩薩花《ぼさつばな》

羽州ぼろ鳶《とび》組⑤

「大物喰いだ」諦めない火消たちの悪あがきが、不審な付け火と人攫いの真相を炙り出す。

今村翔吾

夢胡蝶《ゆめこちょう》

羽州ぼろ鳶《とび》組⑥

業火の中で花魁《おいらん》と交わした約束――。消さない火消の心を動かし、吉原で頻発する火付けに、ぼろ鳶組が挑む！

今村翔吾

狐花火《きつねはなび》

羽州ぼろ鳶《とび》組⑦

水では消えない火、噴き出す炎、自然発火……悪夢再び！　江戸の火消たちは団結し、全てを奪う火龍に挑む。

今村翔吾

玉麒麟

羽州ぼろ鳶《とび》組⑧

豪商一家惨殺及び火付けの下手人とされた《ぼろ鳶組》頭取並。すべてを敵に回した男が、人を救う剣をふるう！

門田泰明

半斬《はんざん》ノ蝶《ちょう》 上

浮世絵宗次日月抄

面妖な大名風集団との遭遇、それが凶事の幕開けだった――。忍び寄る黒衣の剣客！　宗次、かつてない危機に！

〈祥伝社文庫　今月の新刊〉

藤岡陽子　**陽《ひ》だまりのひと**
依頼人の心に寄り添う、小さな法律事務所の物語。

西村京太郎　**十津川警部捜査行　愛と殺意の伊豆踊り子ライン**
亀井刑事に殺人容疑？　十津川警部の右腕、絶体絶命！

矢樹　純　**夫の骨**
九つの意外な真相が現代の〝家族〟を鋭くえぐり出す。

結城充考　**捜査一課殺人班イルマ　ファイアスターター**
海上で起きた連続爆殺事件。嗤う爆弾魔を捕えよ！

南　英男　**暴露　遊撃警視**
はぐれ警視が追う、美人テレビ局員失踪と殺しの連鎖。

堺屋太一　**団塊の秋**
想定外の人生に直面する彼ら。その差はどこで生じたか。

葉室　麟　**秋霜《しゅうそう》**
人を想う心を謳い上げる、感涙の羽根藩シリーズ第四弾。

朝井まかて　**落陽**
明治神宮造営に挑んだ思い――天皇と日本人の絆に迫る。

小杉健治　**宵《よい》の凶星《まがぼし》　風烈廻り与力・青柳剣一郎**
剣一郎、義弟の窮地を救うため、幕閣に斬り込む！

長谷川卓　**寒《かん》の辻　北町奉行所捕物控**
町人の信用厚き浪人が守りたかったものとは。

睦月影郎　**純情姫と身勝手くノ一**
男ふたりの悦楽の旅は、息つく暇なく美女まみれ！

岩室　忍　**信長の軍師　巻の三　怒濤《どとう》編**
織田幕府を開けなかった信長最大の失敗とは――？

野口　卓　**家族　新・軍鶏侍《しゃも》**
気高く、清々しく、園瀬に生きる人々を描く。